小説の神様

あなたを読む物語（上）

相沢沙呼

講談社
タイガ

目次

下巻目次

登場人物紹介

千谷一也《ちたにいちや》……売れない高校生作家。文芸部に所属
小余綾詩凪《こゆるぎしいな》……人気作家。一也の高校へ転入
千谷雛子《ひなこ》……一也の妹。入院中
九ノ里正樹《くのりまさき》……文芸部部長。一也の友人
成瀬秋乃《なるせあきの》……小説を書いている高校一年生
真中葉子《まなかようこ》……秋乃の中学時代の同級生
河埜《こうの》さん……一也と詩凪の担当編集者
春日井啓《かすがいけい》……ライトノベルや漫画原作も手がける先輩作家

カバーイラスト——丹地陽子
カバーデザイン——坂野公一（welle design）

小説の神様

あなたを読む物語（上）

第一話　物語の価値はどこにあるのか？

身を切り刻む暴風が、この足を止めようとする。

それでも、迎え撃つ無数の雨粒に視界をやられながら、僕は前へと進まなくてはならない。たとえそれがどんなに残酷で過酷な運命なのだとしても、僕は絶対に譲れないこの想《おも》いを胸に抱き、決して砕けぬ矢の鏃《やじり》のように、この嵐《あらし》の中を突き進んでいくのだ――。

瞼《まぶた》を閉ざす。何度か、深呼吸を繰り返した。共に嵐を駆けていた身体《からだ》がひどく汗ばんでいる。わたしは、胸に抱くようにして本を閉ざした。

徐々に、自分の世界を取り戻していくのを感じる。激しい嵐の唸《うな》りが、わたしの世界から消えていく。エアコンが駆動する音が耳に届き、温かな送風を頬《ほお》に感じた。腰掛けていたベッドの柔らかな感触がお尻《しり》に甦《よみがえ》る。わたしは、わたしという中学二年生の少女が住んでいる世界に帰ってきた。

胸に押し当てていた文庫で、心臓の音を確かめる。それから、ページを捲《めく》っていき、いくつかの場面を回想する。何度も何度も、この胸が震えた瞬間を思い起こす。滲《にじ》んだ涙を拭《ぬぐ》ったせいで、きっと今のわたしの瞼は赤い。それから、もう一度ラストのシーンを読み返す。とても愛《いと》おしく、尊い物語だと思った。

この物語の中には、わたしがいる。

主人公は男の子だったけれど、これまでに読んだ他のどの物語よりも、激しく感情移入してしまった。

こんなふうに、物語の中に自分を見つけると、胸が躍る。

なんだか、わたしみたいな子が他にもいるんだなって。

もしかしたら、わたしみたいな子でも、誰かを勇気づけられるんじゃないかなって。

ほんのちょっとだけど、希望が持てる。

夢中になって読《よ》み耽《ふけ》っていたせいだろう。掌《てのひら》に、汗をかいていた。そのおかげで、手にした文庫本のページは端《はし》の方がじっとりと濡《ぬ》れていた。オビの折り返し部分が、汗を吸って千切れてしまいそうになっている。書店の娘だから、というわけではないのだけれど、本はなるべく美しい状態のまま持っていたい。これ以上、傷めてしまわないよう本棚に収めておきたいところだったけれど、わたしは暫《しばら》くその本を胸に抱いたまま、ベッドに身体を横たえていた。ページを捲り、挿絵をじっくり眺めて、ぱらぱらと捲ったときの本の薫《かお》りを確認する。やっぱり、その匂いはわたしの汗を吸って歪《ゆが》んでしまっていたけれど、これらの変化は、わたしが物語を主人公と共に歩んだ証《あかし》でもあるから、そう考えると愛おしくも感じる。本にはそれぞれ、物語を味わった人の数だけの傷み方がある。滲んだ汗。落ちた涙の痕。零《こぼ》れたお菓子の欠片《かけら》。鞄《かばん》に入れて毎日を共にしていたせいで、くしゃりと曲がってしまったページの角。それらは、わたしがこの物語の世界を生きたのだという、この世で唯一無二の証だ。

それから、思い立って身体を跳ね起こした。

膝《ひざ》の上に文庫を置いて、スマートフォンの画面に視線を落とす。

わたしが心を震わせたこの物語を、他の人たちはどんなふうに読んだのだろう。

この本を読んだ人たちの感想を知りたくて、ネットでいちばんメジャーな感想サイトを開く。そこではあらゆる本への感想が、数多くのユーザーたちによって一覧表示されていた。家のインターネット回線は、ときどき調子が悪い。だからか、ページが読み込まれるまで、少しだけ時間がかかった。その僅《わず》かな時間にすら、わたしの心はどきどきと激しく脈打っていた。

現れたコメントの数々に、目を通していく。スマートフォンの画面を指先で撫《な》で下ろしながら、ただ静かにそれへ眼《め》を通した。

『この主人公無能すぎる』『主人公がなにもできず他人任《ひとまか》せなので、読んでいて苛々《いらいら》するだけ。オススメしません』『コイツ殴りたいなぁ。こんな作品を受賞させたらダメでしょう』『文章もストーリーもありきたり。更には主人公のキャラが幼稚でウザイということもあって、星一つ』『主人公の鬱屈《うっくつ》というか、ネガティブなところがダメ。十ページで断念』『いくら成長するってもナヨナヨしすぎなんだよ。卑屈すぎて引く。陳腐』

ゆっくり画面をスクロールさせながら、わたしはいつの間にか唇を噛《か》んでいた。

あんなにも興奮に脈打っていた鼓動は、今はもう氷みたいに冷え切っている。指先から熱が奪われて、代わりに頬が熱くなった。

ネット越しの、誰とでもいい。この感動を、共有、したかった。

わたしは、この物語の中に、わたしを見つけた。

弱くて、頼りなくて、力なんてなくて、それでも諦《あきら》めなければ、歯を食いしばっていれば、いつかは前に進めるんだと。一つの信念を、鋭く強固な鏃へと変えて、突き進むことができるんだと――。そんなふうに、思いたかった。

動揺、しているのかもしれない。画面を閉じようとして、何度も操作を間違えた。こんな感情は初めてだった。これはなんだろう。怒りだろうか。悲しみだろうか。

ただ一つ理解したことがある。

わたしは、やっぱり、そうなんだ。

無能で、勇気がなくて、卑屈で――。

だから、みんなから嗤《わら》われる。

物語の主人公に、なってはいけない存在なのだ。

＊

厄介なことを任されてしまった。

雨がざぁざぁと降っているから、エアコンのないこの音楽室は、ひどく肌寒い。

放課後、合唱コンクールの練習をしよう、と言い出したのは綱島《つなしま》さんだった。

彼女は、音楽の先生に仕事を頼まれたのだという。それが放課後に、合唱に力を入れていない男子たちを鍛えてやってくれ、ということなのだろう。綱島さんは歌もうまいし、行動力もある。先生からも、男子からも信頼が厚い。まるで、少女漫画に出てくるような……。なんというか、そう。わたしなんかより、ずっと物語に相応《ふさわ》しい人だ。男子たちを誘って練習をするというものだった。要するに、不真面目《ふまじめ》な落ちこぼれも人を纏《まと》める力もある。


今、この音楽室に、綱島さんたちの姿はない。女子はわたし一人だけ。

そして騒々しく机の上に乗ってじゃれあっている男子たちが、大きな声で何度も笑い声を上げている。わたしは、なんだかここにいてはいけないような場違いな気持ちになって、寒さのせいだけではなく肩を縮こまらせながら、文庫本に視線を落としていた。

綱島さんたちは、女子四人でトイレに行っているところだった。わたしに仰せつけられた仕事というのは、綱島さんの鋭い視線がないうちに、男子が勝手に帰らないか見張っていることだった。

なかなか進まない物語のページに、ふと影が落ちる。

見上げると、楠木《くすき》君の整った顔が、いたずらっぽい笑みを浮かべていた。

「なぁ、俺ら、もう帰るから」

「え、それは」

困る、と声を上げる暇もなく、楠木君は矢継ぎ早に言った。

「だって綱島たち戻って来ねぇしさぁ。俺ら、牧浦《まきうら》の家でゲームやる予定なんだって」

なぁ、と声をかけると、じゃれ合っていた男子たちも口々に同意した。

「あの、でも……。一緒に、練習をしようって、綱島さんが……」

「だってもう放課後だぜ。部活でもなんでもねーんだから」

「強制力とかねーっしょ」

「ていうか、むしろ綱島がいないいまのうちに即去りしたいわ」

「あの雌ゴリラ、おっかねーからよ」

勝手なことを言って、男子たちが立ち上がっていく。

「ま、待って」わたしは慌てて腰を上げた。「わたし、みんなが勝手に帰らないようにって、言われてて……」

「あー」男の子の一人が、哀れむような表情を見せた。「成瀬《なるせ》さん、綱島さんに使われちゃってる感じ?」

「成瀬さん、どーりで、綱島のグループからちょっと浮いてると思ったわ」

「命令押しつける子分にするとか、カワイソー」

「あの、わたし、そんなんじゃ……」

「まぁ、とにかく俺ら帰るから」楠木君が、少しばかり申し訳なさそうに言う。「綱島によろしく言っておいて。というか、目を離すのが悪いから。成瀬さん、気にしなくていいって」

それから、男子たちは次々に教室から出て行く。唖然《あぜん》としていると、最後の一人が戸を閉める寸前に、わたしに向かって笑いかけて言った。

「あんまさー、いいなりになってないで、もっと自分もった方がいいんじゃね?」

戸が閉まると、男子たちの盛り上がりの声が廊下でどっと上がる。なにその決め台詞《ぜりふ》、マジウケるー。お前成瀬好きなのかよ。いやいや、ないわー。あれはないわー。あの地味子、暗すぎっしょ。

足音と共に、喧噪《けんそう》が遠のく。

わたしは頬を赤くしたまま、立ち尽くしていた。

少し遅れて、怒りが膨れあがってきて、そうして、でもどこにそれをぶつけたらいいかわからずに、ぺたんと椅子に腰を下ろす。次に襲ってきた感情は、畏怖だった。綱島さんの言いつけを護《まも》れなかった。見張っているように言われたのに、その役目を全《まっと》うできなかった。

どうしよう。

怖々と、他には誰もいない音楽室の戸口に目を向ける。この場所から、自分もすぐに逃げ去りたい気持ちになった。大丈夫、と言い聞かせる。大丈夫。きっと赦《ゆる》してくれる。きれいな、あの見とれてしまうような笑顔で、秋乃《あきの》ってば、もう仕方ないんだから、と言って赦してくれる。きっとそうに違いない。

だって、わたしたちは友達だから。

不似合いだけれど、友達だから。

だから大丈夫。

暫くして、姦《かしま》しい声と共に、扉が開いた。

楽しげで、綺麗《きれい》な、綱島さんの声が交じっていた。

その和気藹々《わきあいあい》とした空気は、音楽室の中に男子が一人もいないことに気がついた綱島さんの声で、一瞬で崩壊した。

「は？　男子、どこ行ったの？」

訝《いぶか》しむように教室内を見渡し、それから、わたしに目を向けてくる。

「あきのん、男子たちは？」

北山《きたやま》さんにそう訊《たず》ねられたけれど、わたしはうまく答えることができず、何度か口をぱくぱくさせた。

「あちゃー、さては逃げられたか」

佐々木《ささき》さんが笑って言う。

「え？　ていうか、あたし、秋乃に頼んだよね？　男子たち、逃げるから見張っておいてって」

周りの女の子たちの様子とは違って、綱島さんの言葉は厳しかった。現状を理解しがたい、という不思議そうな表情で、わたしのことを見つめてくる。

「あの……。ご、ごめん」

「いや、ごめんとかじゃなくない？　ウチら、これから練習するんだよ？　ていうか、男子を鍛えるのがメインなのに、その男子を帰すってなに？　どういう神経してるの？」

わたしは呻《うめ》く。

言葉が、出てこない。

「なんなの、アンタ、そんなこともできないわけ？」

「ちょっと、リカってば怒りすぎだってばー」

「そーだって。だいたい男子の相手、あきのんには荷が重いじゃん。早く戻らなかったウチらにも責任あるって」

みんながフォローをしてくれる中で、わたしは綱島さんの言葉に身を打たれていた。なんにもできない主人公、と笑う感想の一文を想起する。それから、その主人公に心を重ねて、胸を躍らせていた愚かな自分のひとときを思い返した。

自分を見つけた。

そんなふうに考えた自分は——。

こうして罵られるしか能のない。

物語に、いちばん相応しくない人間だった。

＊

書店の子供として生まれたからだろう。

幼い頃から本に囲まれて生きてきた。両親があくせく働くフロアは、わたしにとっては万華鏡《まんげきょう》のように煌《きら》びやかな景色に見えた。よたよたと狭い店内を歩き、瞳を輝かせ、飾られている本の表紙の色彩に圧倒された。本当に小さな頃には、本が並んでいるというよりも、そこには絵が並んでいるのだと理解していたように思う。様々なタッチで描かれた、想像力をくすぐる小さな絵を並べた魔法のお店だ。

探検するべき箇所で満ちたそこは、けれど品物に触れようとすれば、瞬く間に父から怒られて、二階に上がっていなさいと注意されてしまう。父の書棚で綺麗に整列した本を眺めれば、わかる。本の一ページ一ページ、美しく仕上げられた装幀に、ほんの僅かでも第三者の手で傷がついてしまうのを嫌うこの性格は、父から譲り受けたものなのだろう。

放課後の静寂と、夕陽《ゆうひ》に包まれたこの場所は、わたしの家とは正反対の匂いがした。読んでいた本を、膝の上で閉ざす。お小遣いで買ったライトノベルだった。司書の鈴本《すずもと》先生はライトノベルに寛容で、この図書室にも多くのレーベルが置かれているけれど、わたしはこんな神経質な性格をしているから、あまり本を借りるということをしない。もちろん、お小遣いには限りがあるから、どうしても読みたい作品は、図書室や図書館に頼らざるを得ない。でも、他人の手垢《てあか》がついて、勝手に折り曲げられたページのある本というのは、なんだか、わたしが進むべき道が既に開拓されてしまっているように感じて、どうにも気分が沸かなくなってしまう。

今日の図書室は静かだった。先生は司書室に籠《こ》もって仕事をしているので、もしかしたらこの古めかしい図書室に取り残されているのは、わたしだけなのかもしれなかった。

一人で物語の世界に没頭するのは、楽でいい。そのはずだったのに、わたしの心のページに走り書きされてしまったのは、あの日の言葉の数々だった。子分。いいなり。もっと自分をもつ。地味子。アンタ、そんなこともできないわけ？

物語の活字を拾い集めようとすればするほど、手にした文字はいつの間にかそれらに変化していく。もちろん、そんなこと、今になって気にしているわけじゃない。わたしはずっとそうだった。子供の頃から、ずっとそうだったのだ。気が弱くて、大人しくて、意見をはっきり言えなくて、地味で、なにもできなくて——。

きっと、こんな退屈な人間になってしまったのは、本に囲まれていたからだ。わたしは物語の世界に閉じこもって、現実を生きてこなかった。だから友達付き合いが下手で、みんなから笑われてしまう。綱島さんたちの世界と、噛み合うことができない。小学四年生の頃、わたしが読んでいた本を取り上げ、かけていたカバーを毟《むし》り取《と》り、誇らしげに笑った男の子たちの耳障りな声が今でも甦る。普通の子供たちに比べると、ライトノベルを読み始めたのは早い方だったと思う。だからだろう。その子にとっては、その少しばかり過激な衣装を着たヒロインの姿は、見慣れないものだったのかもしれない。「こいつ、女のクセにエッチな本読んでる！」クラスメイトたちが集まり、回し読みが始まった。ヒロインが水浴びをしている挿絵に、男の子たちも女の子たちも大興奮だった。わたしはその嵐の中心で、死にたいと切実に願っていた。唇を噛んで、爪が掌《てのひら》に食い込むほど拳を握り締めて、その拷問のような時間が過ぎ去るのを、俯《うつむ》いてひたすらに耐えた。騒ぎに駆けつけた先生はわたしを叱った。

だめでしょう。学校にこんな本を持ってきたら。

もし、書店の娘として生まれなかったら。きっと本なんて読まなかった。わたしは明るくて、人付き合いがうまくて、学校の噂話《うわさばなし》から得た情報でみんなを楽しませることができる、そんな子になっていた。綱島さんたちと笑い合っていても、ぜんぜん不自然ではないような、そんな中学二年生の女の子に、きっとなれたはずだった。

つんと鼻の奥に込み上げてくる熱を堪えていると、静かな雨音に混じって、なにかが聞こえてきた。それはペンが落ちて転がっていくような、そんな些細《ささい》な音だった。けれど、わたしが驚いたのはそれに続く物音だった。慌てて椅子を引《ひ》き摺《ず》る音と共に、人が勢いよく駆け出すかのような靴音が床を耳障りに鳴らした。誰かがいるのだ。テーブルのいくつかは、書架が邪魔になっていてこの位置からは見えない。慌ててペンを拾った音なのだ、と解釈したけれど、いったいなにをそんなに慌てていたのだろう。なんとなく、わたしは静かに立ち上がり、そちらの方に歩みを向けた。

さらさらと、不思議な音が響いている。

奥のテーブル席に、一人の女の子が座っていた。わたしはその後ろ姿を見つける。彼女は、まるで卓上にしがみつくみたいに前屈《まえかが》みになって、開いたノートに顔を寄せ、握り締めたペンを素早く動かしていた。さらさら、さらさらと。

彼女が身じろぎをすると、紺と白のシュシュで纏められた髪の毛先が、尾のように揺れる。一瞬、動きが止まり、まるで動物が獲物を狙うかのような、緊迫した時間が訪れた。尾は、すぐに動く。それと共に、ペンも動く。

縦横無尽に、草原を駆けるようにして。

わたしは彼女の様子を、息をするのも忘れるような気持ちでぼうっと眺めていた。最初は理解が追いつかなかった。いったいなにを書いているのだろう。そんなにも急いで、どんな文字をそこに刻んでいるのだろう。わたしは気配を殺し、彼女の肩越しにそれを覗《のぞ》き込《こ》んだ。雨の音がする。彼女の尾が動く。古めかしい書庫の黴臭《かびくさ》さの中で、ペン先がさらさらと草原を駆け抜けていく。わたしはそこに刻まれている文字を追った。読みやすく、そして力強い文字が、たくさんの語彙《ごい》と共に並んでいた。そうしてわたしはやっとの思いで気づく。文字は縦書きだった。真っ白なノートに、縦書きで、びっちりと文字が詰め込まれていた。

これは、小説だ。

わたしは読める範囲の文字を、自然に眼で追っていた。すぐに、これは一人の少女の物語なのだと理解できた。少女は息を切らして校舎の廊下を走っていた。彼女は消えてしまった友達を見つけなくてはならない。でも、彼女にはその友人の名前がわからないのだ。不思議な力で、教室からも、自分の記憶からも消えてしまった、ただ一人の親友。ごく僅かな手がかりから、少女はその友人の存在を追い求めなくてはならなくて――。

不意に、彼女の手が止まる。シュシュで纏められた尾がゆらりと動いて、机に齧《かじ》りついていた姿勢から、背筋が伸びた。

「勝手に読まないで」

じろりと横目で睨《にら》まれて、わたしは怯《おび》えた声を漏らす。

「ご、ごめんなさい」慌てて言った。「図書委員なの。人がいると思わなくて、物音がしたから、なにかなって」

「物音？　そんなのした？」

こちらを睨んだ彼女の横顔は、頬を隠す髪から覗く顎先が少しシャープで、猛禽《もうきん》類のような俊敏さと鋭さを感じさせた。

「えっと、ペンが落ちたような音がして、椅子が」

「ああ、そういや、ペンを落としちゃって、拾ったんだったかな」

「椅子の凄《すご》い音がしたから……」

「ああ、そうか、それね」

彼女は気恥ずかしそうに笑った。その笑顔を見て、わたしは彼女の名前を知っていることに気がつく。真中《まなか》、葉子《ようこ》さん。同じクラスで、けれど、一度も言葉を交わしたことのない女の子だった。

「とにかく、すぐにでも続きを書きたかったから、慌てて拾って、それで椅子がひっくり返っちゃったんだ。書架の下とかに入り込んだりしたら、最悪でしょ」真中さんは微苦笑を浮かべて続ける。「一刻も早く吐きださないと、言葉が逃げていっちゃうから」

言葉が逃げる、という表現は、わたしには新鮮なものだった。

「あの……、それじゃ、わたし、邪魔してるよね。ごめんなさい」

それに気づいて、慌てて机から離れた。

「ああ、大丈夫だよ、べつにさ」けれど、真中さんは椅子の背もたれに肘をかけたまま、わたしに眼を向け続けていた。「ちょうど、空っぽになっちゃったところだから」

「空っぽ？」

「続きが思いつかない、というか」彼女は困ったように眉を寄せ、うーんと唸りながら腕を組んだ。「いや、思いつかないわけじゃないんだけれど、どうしたらいいかわからないから、いったん頭をクリアにして考えようかなっていう感じで。いわゆる休憩というか」

「そうなんだ」

彼女の言いたいことを理解できたわけではないけれど、そう言われて、わたしはどこか胸が弾んでいるのを感じていた。この気持ちはなんだろう、と不思議になる。そう。引き止めてもらえたのだ。すると、とたんに今度は別の感情が湧き上がってくる。それはどうしようもなくわたしの中で膨れて、そしてとうとう抑えることができず、口にしてしまっていた。

雨音の静けさと、古びた本の黴臭さの中、わたしは、こう叫んでいた。

「あの、真中さんの、その小説――、わたしにも読ませて」

＊

だって、気になってしまったのだから仕方がない。

彼女の背中越しに見えた物語の文章はほんの僅かだったけれど、それにも拘《かか》わらず、わたしは主人公の少女に感情移入していた。ほんの一ページに綴《つづ》られた言葉だけで、彼女の焦りと緊張がわたしの身体を支配し、この先に待ち受ける運命がどんなものなのか、不安に大きく揺れ動いた。続きはもちろん、いったいどんな経緯で、主人公の少女はそんな事態に巻き込まれてしまったのだろう。真中さんの描写は、これまでに読んだどんな本にも負けず劣らず、わたしの好奇心を惹《ひ》きつけていた。

頭を下げたわたしに対して、真中さんは照れくさそうに笑いながらも、少しだけ渋っていた。まだ書いている途中で未完成の物語だから、見せるのは恥ずかしいと言われてしまう。それでも、最初の一ページだけでもいいからと、わたしは食い下がった。なんなら、主人公の女の子の名前だけでもいい。あるいは物語のタイトルだけでもいい。どんなことでもいい。わたしの好奇心をくすぐって離そうとしない、あなたの物語のことを教えてほしかった。

「だって、こんなのって地獄よ。恋の結末が語られない恋愛小説を読んだ気分」

「成瀬さんって、おおげさなことを言うね」

お腹《なか》を抱えて笑い出した彼女を見て、わたしは鈴本先生が司書室から出てきて怒らないだろうかと不安になった。それから、真中さんがわたしの名前を口にしてくれたことに遅れて気がつく。クラスメイトなのだから、当たり前といえば当たり前なのだけれど、そんなふうに自然と名前を口にしてもらえるのが、わたしにとってはなんだか意外で、そして嬉《うれ》しかった。

「いいよ、それじゃあ、ちょっと照れくさいけど、読んでくれる?」

「本当? ありがとう!」

わたしは飛び上がるような声音を上げて、真中さんが差し出すノートを、慎重に受け取った。ノートは綺麗な方だったけれど、ページの端がところどころ擦れている。それはきっと、真中さんがここに物語を刻んだ証なのだろう。それをわたしが汚してしまうわけにはいかない。自分の手から湧き出る汗一つ付かないよう、慎重にノートを手にする。それから彼女の隣の席に腰を下ろした。わたしはテーブルにノートを置いて、そっとページを捲り上げる。真中さんは、本を読んでくるからと慌ただしげに席を離れていった。字が汚くてごめんね、とも。

　字が汚いだなんて、そんなことは微塵《みじん》もなかった。

　真っ白だったノートを埋め尽くす美しい言葉の数々は、ものの数分でわたしの呼吸を止めた。世界を塗り替えて、雨音を消し去り、物語の始まりを彩るに相応しい調べを奏でていく。わたしの目の前には、ただただ鮮やかな景色があった。

　いつの間にか、わたしはページを何枚も捲っていた。ぱらり、という音を、無意識のうちに自分の耳が捉えている。ふと現実に引き戻されて、そのページの固さに指を滑らせた。ボールペンで綴られた文字は、勢いが一定ではない。穏やかで、静かに綴られているところがあれば、まるで奔流《ほんりゅう》のように言葉が溢《あふ》れ出《だ》し、勢いよく書き殴られている箇所がある。そんな箇所にはインクが滲んで、真中さんの動かす手で擦れたのだろう痕跡がいくつも刻まれていた。汗を吸って手に張りついたのだろうページは、緩やかに凹凸に歪んでいて、ペン先が紙を凹ませた跡と同様にわたしの指の腹を楽しませた。これは、物語が綴られたページ。滑らかで、美しい、上質な織物《おりもの》のさわり心地にうっとりと陶酔するように、物語の世界に意識を溶け込ませていく。

　やがて、わたしは物語が途切れた箇所のページを見下ろし、大きく息を震わせた。

　もちろん、書かれていた物語は素晴らしかった。まだ、ほんの序章にすぎないと思うけれど、この先が気になって仕方がない。文章はとても自然な呼吸でわたしの中に溶け込んできていて、これが本のかたちになって、装幀と共に目の前にあったのなら、自分と同じ中学二年生の女の子が書いただなんて、まったく思わなかっただろう。

でも、それ以上に、わたしは感動していた。

これを、真中葉子という女の子が書いたのだということを。

「どう?」怖々と、声がかけられる。「成瀬さん、気に入ってくれる話になりそうかな」

いつの間にか、隣の席に戻ってきた真中さんが、どこか不安そうに聞いた。

わたしは、溢れたそれを吐きだす。彼女が、言葉が逃げないうちに吐きだすのだと言ったのと同じように、わたしは打ち震える心が赴くままに言っていた。

「凄い……。物語って、読むだけじゃなくて、書くものでもあるんだ……」

わたしのそんな当たり前の言葉に、真中さんはきょとんとした。

「凄いよ。真中さん。わたし、このお話が好きだと思う!」

勢い込んで告げると、真中さんはやっぱり照れくさそうに笑った。

一所懸命な横顔の印象とは打って変わって。

とても可愛《かわい》らしい笑顔の人だ、と思った。

*

それから、真中さんとは、ときどき放課後の図書室で話をするようになった。

書き進められた物語を読ませてもらい、いったいこの続きはどうなってしまうのか、わたしが感想を熱く伝えると、真中さんは困ったふうに笑って、秘密だよと答える。それから、わたしたちは夕陽が射し込む奥のテーブル席で、自分たちの好きな物語のことを語り合った。真中さんは、わたしよりも多くの小説を読んでいるようだった。わたしはほとんどライトノベルしか読んだことがないので、その点は少しばかり気恥ずかしい。それでも、真中さんの口からわたしも読んだことのある本の話が出てくると、わたしたちは鈴本先生の視線から逃れるようにくすくすと笑い合い、その物語について熱く語り合った。

「あたしがさ、ここで小説を書いているのは秘密にしてくれる？」

どうして、とは思ったけれど、単純に気恥ずかしいのだろうと納得した。

「それに、秋乃はさ、あんまりここに通いすぎるのもよくないと思うよ。綱島さんたちが、よく思わないんじゃない？」

「どうして？」

「綱島さん、独占欲が強そうだから」

確かに綱島さんたちのグループは、わたしのことを招き入れてくれるから、一緒に帰ろうと誘ってもらえると断りにくい。だから、わたしがこうして放課後の図書室を訪れることができるのは、受付の当番だと言っても不自然ではないだろう、一週間に一度か二度くらいのものだった。

でも、綱島さんは、いったいどんな気持ちでわたしなんかを仲間に入れてくれているのだろう。わたしみたいな人間は、どう考えてもみんなの輪の中で浮いてしまっている。

あのときのリカ、朝からご立腹だったんだよ、と合唱の件のことで、みんなはわたしのことをフォローしてくれた。要するに、生理が来ていて朝からずっと機嫌が悪かったらしい。けれど、そうだとしたら綱島さんからもなにか言葉が欲しかった。そう思うのは、贅《ぜい》沢《たく》なことだろうか。

「それにさ、あたし、綱島さんと相性悪いんだよね」目下戦時中なんだ、と真中さんはくすくす笑う。「だから秋乃が、ここであたしと話をしていることは、みんなには秘密」

「秘密かぁ」

「覚えておくといい」

真中さんはそう言って、なんだか不敵な笑顔を見せた。そんな笑い方をする女の子を、わたしはこれまで見たことがない。

「女の子同士の秘密は、物語を魅力的に見せるよ」

確かにそうかもしれないな、と今まで読んできた小説を振り返って考える。けれど、そこでわたしは笑ってしまった。だって、それはあくまで物語上での話だった。わたしと真中さんの関係は、虚構のものではない。現実なのだから。

それなのに、その言葉は、なんてすてきな響きを持っているのだろう。

＊

その日も、雨がしとしとと降っていた。図書委員の仕事があるからと綱島さんたちに断り、放課後の図書室を訪れた。カウンターの内側で本を読んでいる相原《あいはら》さんに挨拶をして、簡単な言葉を交わす。相原さんが読んでいるのは漫画で、美少年たちしか出てこない類のものだ。わたしとはちょっと趣味が違うから、あまり本の話が盛り上がることはない。鈴木先生に見つからないようにね、と笑いかけて、わたしは書架の奥へ向かう。いつも真中さんがいる奥のテーブルは、書架に隔てられていて、いちばん静かな場所だった。

熱心にペンを動かし、もどかしそうに修正液で文字を直す彼女の作業を後ろから見守る。彼女の筆が一休みするのを待って、シャーペンやエンピツを使わないのはどうしてなのかと、そう訊ねた。消しゴムを使えば、修正液より効率よく文字を消せるのではと思った。答えは単純なことだった。

「あたし、汗っかきなの」彼女は笑って、掌をひらひらと動かした。「手汗が凄《すご》くて、エンピツとかを使うと、字がもの凄く滲んで擦れちゃって。ボールペンも、滲まないのを探すの、けっこう大変だったんだよね」

わたしは、授業中にノートを取るとき、ゆっくりと文字を綴る人間だ。文字が掠《かす》れたり滲んだりした経験はない。それに、縦書きと横書きでは、手がノートに擦れてしまう頻度も違うのだろう。

「書き心地で言ったら、エンピツがいちばん好きなんだけれど。ほら、さらさらって紙の表面をくすぐっていくような感じがして」

エンピツを、あまり尖《とが》らせずに削った状態で書くと、気持ちいいよね、と彼女は笑う。ボールペンはぐりぐり勢いよく殴り込んでいく感じが好きで、シャーペンはカリカリ引っ掻いて痕を刻み込んでいく感じだよ。そんなふうに楽しげに語る真中さんの笑顔を見て、わたしは笑ってしまった。紙にペンで書き込んでいく感触に関して、そんなふうに深く考えたことはなかったし、熱く語られてしまったのも初めての経験だ。

「もしかして、秋乃は、あたしを変なやつだと思ってる?」

「そんなわけじゃないの」わたしは慌てて言った。でも、拗《す》ねたような顔の真中さんの表情が可愛らしく思えて、笑いは引っ込んでくれない。「真中さんって、やっぱり視点が違うなって思って。わたし、そんなこと考えないから」

さらさら、カリカリ、ぐりぐり。そんな感触に、わたしは注意を向けてはいない。同じ世界に生きているのに、わたしと真中さんでは、見ているものが違う。

「そういうのって、小説を書くのに必要だからなの? 感受性、みたいな」

「うーん、感受性か」

真中さんはボールペンのお尻を顎先に押し当てながら、考え込むように静謐《せいひつ》な図書室の天井を見上げた。それから、瞼を閉ざし、小さく頷《うなず》く。

「そうかもね。うん。世界をさ、読むんだよ」

彼女の言葉は詩のようで、そしてわたしの心を目覚めさせる魔法みたいだった。

「世界を読む?」

「世界の、行間を読むんだ。こうして眼を閉じていると、感じない? 雨の音は静かだけれど、どこかリズミカルで、懐かしい感じがする。その音から、あたしは雨が降っているときの校庭の匂いを連想するんだ。雨水が跳ねて、スカートが湿って、太腿《ふともも》がすごく冷たくて、あたしは雨の中を走っている。ローファーが水たまりに踏み込んで、ぱしゃりって周囲に跳ね散って、また音が鳴る。同じように、女の子たちが冷たい雨にきゃあきゃあ言っている。街は騒がしくて、賑《にぎ》やかだ。空を見上げると、太陽が眩《まぶ》しい。これは天気雨なんだ。突然の雨に、あたしは憂鬱な気分を消し飛ばされて、雨に濡れて笑いながら走っている。鞄を頭の上で抱えて、走っているみんなも笑顔で楽しそう」

瞼を閉ざし、優しい表情で語る真中さんを、わたしはきょとんと見つめる。

静かな雨音は、わたしにはどこか寂しげに聞こえていた。でも、真中さんが世界の行間から拾い上げた景色は、眩しく賑やかなものだった。

「雨音に意識を傾けると、そんな景色を想像したりする。景色だけじゃなくて、音とか匂いとか思い出とか、そういうのが世界にはたくさん詰まっていて、普通は見過ごしちゃうんだけれど、ときどき行間を読むみたいにして、そこに注意を向けてみるの。秋乃も、試してみると、きっと新しい発見があるよ」

わたしたちの間には、雨音一つとっても、こんなにも大きな違いがある。

真中さんはペンを握り、物語の執筆を再開した。わたしは鈴木先生に頼まれて、書架の間を静かに歩き、配架と書架整理の作業を手伝った。真中さんのテーブルに近付いたとき、彼女はふと顔を上げて、なにかに耳を傾けていた。

「雨がやんでるね」

その言葉に指摘されて、わたしはようやく気がついた。窓の外へ視線を向けると、確かに雨がやんで、美しい夕焼けの空が広がっているのが見えた。

「ほんとだ」

「もしかしたら、虹が出るかもね」

真中さんは笑って、それからまたペンを握った。

中断していた文章の続きを、ぐりぐりと勢いよく書き込んでいく。

わたしは配架のための数冊の本を抱えながら、真っ白なノートの上で世界をかたち作る、神様みたいなあなたがそう言うのだから、きっと虹は出るのだろう、と心の中で考えていた。

＊

「最近さ、秋乃、ちょっと付き合い悪くない？　そんなに忙しいの？　本屋係って」

帰り際、綱島さんにそう言われた。

わたしの家が書店であることは、べつに隠してはいない。駅前すぐの目立つ位置にあって、この辺りの人なら知らない人間はいないくらいだ。各地の街の本屋さんが経営悪化で潰れていく中でも、立地の良さと敷地《しきち》の広さから、わりと繁盛している方だと思う。だからなのか、綱島さんたちは図書委員のことをそんなふうに言う。本屋係。ここは貸本屋でも談話室でもありません、というのは鈴本先生が怒るときのお約束の台詞だった。もちろん、図書委員がそんなに忙しいわけがない。それを綱島さんに不審がられてしまって、心がざわざわと焦りを覚えた。

「べつに、そんな忙しくないよ。今日は仕事ないから、一緒に帰れるし」

「ふぅん、ならよかったじゃん」綱島さんはそう言って笑う。「本屋係の仕事って絶対ヒマでしょ。受付で人待ってるだけとかさ、絶対地獄じゃん。聞いたけど、スマホとか見てたら没収なんでしょ？」

実際のところ、図書委員の仕事は暇でもなんでもなく、わたしにとっては幸福な時間だった。けれど、それを彼女たちは理解してくれないだろう。綱島さんを中心としたこのグループに、読書を趣味としている子はいない。話題になるのはアニメ化しているような人気のある漫画くらいなもので、小説を読むような子は一人もいなかった。だから、朝の十分間読書の時間にも、いったいなんの本を読んだらいいのか、彼女たちはいつだって困り果てている。自分で本を選んだり買うつもりもないから、そんな子たちに向けて鈴本先生が選書した本を借りて、読んだふりを続けているだけだ。どうだった？　と感想を聞くと、眠くなった、とか、まったく意味がわからなかった、とか、そんな返事ばかりが返ってくる。「読書とかさ、薄暗い感じがして、向いてないんだよね、だって文字だけしか書いてないじゃん。なにが面白いわけ？」

あくび交じりに、綱島さんは笑った。たった十分間の時間では、彼女たちを物語の世界へと誘うことはできなかったらしい。みんな、休み時間とか、帰り道とか、あるいは一緒に出掛けるために電車に乗るときには、片手にスマートフォンを持つ。そこから、SNSを見て笑って、写真を投稿して、ゲームに興じて、無料で読める漫画アプリで時間を満たしている。だから、わたしはいつだって、鞄の中に忍ばせている文庫本を彼女たちの前で取り出すことができない。

一年生のときだった。

「ねぇ、あれ見てよ」

教室の戸口で立ち話をしていたわたしたちは、女王様のような綱島さんの一声で、悪戯《いたずら》っぽく眼を向けた彼女の視線の先を追いかけた。

眼鏡の女の子が、机に向かって、肩を小さくし、読書に耽《ふけ》っている。

「なんかさ、あれ、根暗な感じじゃない？」

髪型も、お下《さ》げとか。だっさ。

そう続けたのは、北山さんだったか、佐々木さんだったか。

わたしたちは意地悪に唇の端を曲げて、物語の世界に浸る女の子の姿を嗤った。地味で、根暗そうで、お下げで、スカートも長くて、眼鏡で、絵に描いたようで。

「もう九月なのに、友達とかいないんじゃない？　カワイソー」

綱島さんがくすくす嗤う。

夕陽を浴びて、なにかの話題ではしゃいでいる綱島さんたちから、数歩を遅れて通学路を帰る。わたしは、明るくて、眩しくて、綺麗で、頭が良くて、みんなの中心でいつも輝いている綱島利香《りか》という女の子の背中を見ながら、唐突に、その一年前の、みんなを真似《まね》た自分の唇の歪みを思い出した。そのとてもとてもいやな感触を――。

あのときの彼女は、真中さんだ。

＊

わたしの家は、店舗の二階にある。

思ったよりカカオの成分が濃いチョコレートを口に入れてしまったときのような、そんな苦さを意識しながら帰宅した。すると、掃除する暇があまりない狭苦しいリビングに、美紀子《みきこ》伯母さんが来ていた。伯母は父の姉で、近くに住んでいるため、ここへ顔を見せる機会も多い。なにか重要な話をしていたのかもしれない。彼女は不動産の運用をしているやり手で、経営の苦しい父とはときおりお金や土地の話をしているようだった。彼女はわたしが帰宅するのを見て、今日のところはと帰ることにしたらしい。立ち上がった伯母はリビングの入り口で挨拶をしたわたしを見て、にっこりとした。

「あらあら、秋乃ちゃん、また背が伸びた？　すっかり制服が似合うようになって。本当にもう、可愛らしくなったわね」

こんなふうに、伯母はいつもわたしのことを可愛がってくれるけれど、わたしはそれにうまく受け答えするのがどうにも下手だった。愛想笑いを浮かべて、そんなことないです、と掠れた声でぼそぼそと答えてしまう自分が醜くて、伯母が言うような制服の似合う可愛らしい女の子だとは思えない。

と、伯母は気づいたようだった。その視線を見て、わたしは告げられるだろう言葉を予測し、びくりと身構える。伯母は、わたしが手にしている文庫本に視線を向けたのだった。綱島さんたちと通学路を別れたあと、こっそり取り出し、歩きながら読んでいたライトノベルだった。よその書店のカバーがかかっているから、表紙を見られることを恐れたわけじゃない。わたしは、ただ――。

「ああ、秋乃ちゃんはまた読書？」

ほら、来た。わたしは手にしていた文庫に視線を落とし、それから、さりげなくそれをスクールバッグに仕舞う。

「本当に、秋乃ちゃんはいつも読書していて偉いわねえ。流石《さすが》は書店の娘ってところね」

人の良さそうな笑顔は、あまり裏表のない表情だと感じる。だから、伯母が続ける言葉は、きっと本心からのものなのだろう。

「あたしはぜんぜん読書なんてしなかったけど、隆信《たかのぶ》ったら暇さえあれば本ばっかり読んでて、成績だけは良かったからねぇ」そう言って父のことを見る眼差しは、咎《とが》めるような目つきに見えた。「秋乃ちゃんも読書家だから、隆信みたいに成績はいいでしょう。うちの子にも、本を読むように秋乃ちゃんから言ってくれない？　あの子ったら本当にバカで、読書なんてぜんぜんしなくって。毎日漫画読んでゲームしてるだけなんだから」

伯母の言葉は大きく、まるで耳を劈《つんざ》くようだった。父曰《いわ》く、伯母の声の大きさは、自信の大きさから来ているのだという。自分が絶対的に正しくて、何事にも動じないから、自然と声も態度も大きくなるのだ、といつだったか母を相手に苦々しく笑っていた。

わたしは肩にかけたスクールバッグの肩紐《かたひも》を握る手の指先に、僅かに力を込めていた。伯母の話が耳になだれ込んでくる度に、この指に力が籠もって震えていくのを感じる。お腹の内側に渦を描いていく感情があって、わたしはそれをどう言語化すればいいのか考える。

本を読むことと、成績の良さはまったく関係がない。読書家だからって、頭がいいわけでも、勉強ができるわけでもない。わたしは成績のために本を読んでいるわけじゃない。漫画を読む行為だって立派な読書だ。ページを捲り、物語の世界に浸ること、両者の間に大きな違いはない。どちらが優れていて、どちらが劣っているか、そんなことで優劣をつけるだなんて馬鹿げている。わたしはどんどん肩掛けを握る拳に力を込める。言いたいことはたくさんあった。でも、なにも言い返せない。いつもそうだ。わたしは、わたしの言葉を外に出すことができない。いつも、どんなときだって。

昔から、頭の良い子だと親戚の人たちから褒められて育った。確かに、書店の娘として生まれ、父親が読書家だったことは、大きな影響を及ぼしたのだろう。小学生の頃、わたしは周囲の子どもよりずっと落ち着いていて、大人しい子だった。本を読み始めるのが早く、普通の子が絵本の読み聞かせを大人たちにねだっている頃には、自分で絵本の文字を追いかけていた。父の書斎にある児童書や図鑑に眼を付け、書店で色鮮やかに並んでいるライトノベルの世界に引き込まれるまで、そう時間はかからなかった。親戚の人々が知っている同年齢の小学生の姿からはかけ離れていたせいだろう。頭の良い子。大人しくて聞き分けのいい子。賢くて、将来が有望。そんなふうに、まるで囃《はや》し立《た》てられるように言われてきた。

あれは、誰からの提案だったのだろう。

きっと伯母からだったのだと思う。父は、わたしを私立の中学へ入れることを決めた。わたしは中学受験のために五年生のときから塾に通うようになり、必死に勉強をした。わたしはみんなと違う。大人で、頭が良くて、だから読書家で。だから、こんな人間でも、みんなと違っていても、ぜんぜん良くって——。

結果は、大敗だった。無理だった。わたしは、両親や大人たちの期待に応えられるような子どもではなかった。普通だった。ただただ読書が好きな、普通の子どもだった。でも、そのときの、残念だったわねぇと声を漏らす親戚の人々や、アルバイトの人たち、商店街のおじさんおばさんたちの声と表情が記憶にへばりついて、角を折り曲げられてしまったページが風でぱらりと捲り上がるのが普遍的なことのように、その言葉の一つ一つをいつだって容易に読み返すことができてしまう。

いつの間にか、伯母は帰っていた。

「秋乃。ぼうっとして、どうした？」

父に問われて、作り笑いをする。

父は、わたしのことをどう理解しているだろう。

不意に湧いて出た感情に、肌が粟立《あわだ》った。わたしは逃げるように、部屋に戻る。

こんな、こんな家に生まれてこなければ。

書店の娘として、生まれたりしなければ。

ベッドに倒れ込み、枕で息を殺す。

なにも言えないわたしが、言いたいことはただ一つ。

わたしは、わたしのことが、だいっきらいだ。

＊

昼食時を告げるチャイムが鳴ると、女の子たちの煌びやかな時間が始まる。

可愛くて、人気があって、自然と周囲のみんなを引き寄せる女の子の元に、わたしたちは醜いハエのように群がる。この構図は、小学生のときから、ずっと変わらない。

綱島さんを囲んでいる机は、賑やかで、華やかだった。

わたしは、まるで女王様の気まぐれに触れたかのように、そこに加わることを赦されているけれど、本当にこの場所にいていいのだろうかという不安にかられることも多い。

念頭にあるのは、あの一冊の本だった。わたしの心を震わせ、わたし自身を見つけたと胸に抱えて安堵《あんど》した物語。その主人公に浴びせられる、現実の人々の厳しい言葉の数々。あの少年がわたしだというのなら、わたしはきっと不快で見苦しい人間なのだろう。もしかしたら、綱島さんたちのことも苛立《いらだ》たせてしまっているのかもしれない。

「秋乃、どうしたの？」

不審そうに、綱島さんが聞いてきた。わたしは慌てて視線を落とす。箸があまり進んでいないことを、不思議に思ったのだろう。

「あまり、食欲がなくて……」

「ダイエットとかなら、やめておきなよ。秋乃、既に超ほっそいから」

そう言って、綱島さんは笑う。

わたしは、そのくすくすと漏れる声の透明感が好きだった。機嫌の良いときの綱島さんは、本当に綺麗でモデルみたいで、自然と吸い寄せられてしまう不思議な魅力を持っている。髪が長くてさらさらで、同じシャンプーを使いたくて憧れる。どんな服を着ても似合っていて、休日はどこへ行こうかって、みんなを引っ張る行動力に、わたしは頼りっぱなしだった。

本当に、物語に相応しい人で、だから溜息《ためいき》がでる。

わたしは、あなたのように、生まれたかった。

「ダイエットといえばさ、駅ナカにできた、あのアイスクリーム屋、めちゃくちゃ美味《おい》しかったよね！」

綱島さんの綺麗な横顔を見つめたままぼうっとしていたら、佐々木さんの声に意識を引き戻された。

「ああ、そうそう、めっちゃうまかった！　リカち、二つも食べてたもん、ダイエットするんじゃなかったのかよーって」

北山さんが続き、その言葉に綱島さんが唇を尖らせる。

「ダイエットは先週で終了」彼女はふてくされたように頬を膨らませた。「いいじゃん、美味しかったしさ。やっぱり冬に食べるアイスは最高だよねぇ」

わたしは、そう盛り上がる彼女たちのやりとりを耳にして、眼を白黒させていた。いったいなんの話だろう。記憶を探っても、ここのところ、みんなと一緒にアイスクリームを食べに行ったことなんてない。駅ナカに新しくできたお店、というのは、前に聞いたことがある。それなら、休日に、みんなで遊びに行ったということなのだろうか？　わたしのことを、誘わないで？　そんなこと、今まで一度もなかった。

ううん、もしかして、それは、ただわたしが無知で間抜けだっただけで、今までに何度も何度もあったことで――。

「あの」わたしは震える唇で呟く。そんなことを確かめてしまうなんて、愚かなことだと、そう思いながら。「その、アイスクリーム屋さんって……。わたし、知らなくって」

「ああ、そういえば、秋乃はいなかったっけ」

綱島さんは、屈託なく笑った。なにか思い出し笑いをするように、女の子たちがくすくすと声を漏らす。わたしには、その笑い声がとても恐ろしいものに聞こえた。

「そっか。みんなで行ったんだ」

声を掠れさせながら、呟く。綱島さんたちは頷いた。昨日の日曜日も、一昨日の土曜日も、わたしは家にいた。簡単な仕事の手伝いをさせられたけれど、友達に誘われたと言えば、両親はきっと時間をくれただろう。

これは、なんの罰なのだろう。そう考えて、すぐに思い当たる。わたしだって、みんなと一緒に帰宅することを選ばず、真中さんと話をするために図書室へ向かうことがある。どちらかの友達を、蔑《ないがし》ろにしなくてはならない。

だって、きっと両方を選ぶことはできないのだから。

「あきのんも誘ってあげたかったけれど」くすくすと、佐々木さんが言葉を続ける。「でも、あきのんには、似合わないじゃん？」

どういう意味かわからなかったけれど、わたしはどうしてかつられたように笑ってしまう。わたしには似合わない。たとえば、おしゃれな服に着替えて、友達と電車に乗って、冬の寒い時期に、アイスクリームを食べて笑い合うこととかが、わたしには似合わない？

みんなは、いつの間にかそのときのことを話題にして盛り上がっていた。わたしはお弁当箱の蓋を閉ざして、ちょっとトイレに行ってくるねと声をかけた。いつも通り、綱島さんがトイレへ行くときと違っていて、あたしも行くー、と言ってくれる人なんて誰もいない。

顔が、くしゃくしゃになりそうだ。

あなたのことを書きなさい。

去年の春に、国語の授業でそんな課題を出されたことがあった。原稿用紙に何枚も自分のことを書く。自伝を書くように、今までの自分と、そしてこれからの自分の目標を書いてみなさいと先生は言っていた。その話を耳にした鈴木先生は笑っていた。そういう本、売っているのを見たことがあるよ。きちんとした文庫本なんだけれどね、まっしろで、中身はなんにもないの。ノートと変わりなくて、あれは図書室の書架に収められないねぇ。

もし、自分のことを書いた文庫本があるのだとしたら。

わたしはトイレの個室に籠もり、必死になって堪えようとしている、このくしゃくしゃで薄汚い顔と、それを同じようにしてやりたい。

わたし、という名の文庫を手に取り、指先に力を込めて。

新聞紙を丸めて捨てるようにすべてのページを歪ませ、そうして何度も何度も千切っては、汚物を受け入れるためのこの便器の中へと、流し捨ててやりたかった。

＊

放課後の図書室は、いつも以上に静謐だった。

窓から射し込んでくる夕陽が、景色を黄金色に染め上げようとしている。もしかしたら、誰もいないのではないかと考えた。いつものように談笑している生徒の姿はどこにも見えない。今日はわたしが当番を引き受けたので当然だったけれど、カウンターに他の図書委員の姿も見えなかった。奥にある司書室の扉が半ば開いていて、そこもがらんとしているのが覗《うかが》える。

書架の向こうにあるテーブルのことを考えた。今日も真中さんは、あそこで小説を書いているのだろうか。わたしは、真中さんと綱島さんの、どちらかを選ばなくてはならないのだろうか。それとも、綱島さんたちにわたしみたいな人間が相応しくないのと同じように、真中さんにも、わたしは相応しくないのかもしれない。

そう。彼女も、本当はわたしを嫌っていたら？

あの本の中で見つけたわたしが、多くの人に嫌われていたのと同じように。

わたしは書架の陰に隠れて、そっと覗うようにしながらテーブルに眼を向ける。

いつも、そこで小説を書いている彼女は、いない。

これまでの秘密の逢瀬《おうせ》が、ただの幻だったかのように。

ただテーブルには、紅の陽が寂しげに落ちていた。

誰の姿もないここは、まるで物語の中に出てくる聖堂のようだ。

書架の間を、静かに歩いた。収められている本のタイトルを、一つ一つ確認していく。

わたしが好きなのは、もちろん物語が収められている書架だ。たくさんの小説がいっぱいに詰め込まれ、鮮やかな背表紙がケースに収められたクレヨンのように不規則な順で並んでいる。そこにあるタイトルをなんという気もなしに眼にしては、そっと指先を伸ばして書棚から引き抜く。表紙を見て、ページをぱらぱら捲って、黴臭い匂いを嗅ぐ。そこに閉じ込められた、物語と世界の薫り。そこには、どんな想いが込められているのだろう。どんな子が、どんな人が、どんな人生を歩んでいくのだろう。わたしは水族館を回遊する魚のように、書架の間を歩き、物語を眺める。

物語の世界には、たくさんの子たちがいる。

そこには、たくさんの、わたしがいて。

わたしは、たくさんの、わたしになれる。

どこにも、ほんとうのわたしはいない。

ほんとうのわたしなんて、要らないんだ。

わたしは、書架の一つの前に佇《たたず》んでいた。睨むように、そこに並んでいるタイトルの一つを見つめる。その雑多なタイトルの中で見つけてしまうなんて、きっと小さな奇跡《きせき》のように難しいことだろう。でも、わたしは吸い寄せられるように、その本の背表紙を睨みつけていた。

人差し指が、本を引き抜く。

わたしは、その本を胸に抱いた。

わたしが、わたし自身を見つけたと思った、あの本だった。

わたしは、わたしのことが大嫌い。

だから、物語の世界でたくさんの違うわたしと出会う。そこで、わたしもこんなふうに生きられたらいいのにと夢想する。そんなこと不可能だとわかっていても、もしそうだったらなんてほんの僅かでも考えてしまう。そんなふうに読書をしていたから、本当にこれはわたし自身のことだと、そう思える本に出会うことは、これまでめったになかった。

ここに、わたしがいるって。

こんなわたしでも、いてもいいんだって。

そう安堵させてくれる本に出逢《であ》えることは、本当に奇跡だ。

それなのに――。

だめだった。わたしはその本を胸に抱えたまま、食い込んだ歯の痕で痛む唇を大きく開く。顎先に力を込めて、わたしが吐きだしてしまうすべての音を、ここにある優しい物語の数々が吸い取って、この聖なる場所の静謐さを守ってくれるようにと祈った。

でも、その祈りは、届かない。

ぼろぼろと、涙が流れて落ちた。嗚咽《おえつ》は醜い動物が鳴いているように酷《ひど》く穢《けが》らわしい音程を奏でていた。うああ、うああ、うああ、と自分でもわけのわからない悲鳴が漏れた。物語を抱きしめながら、わたしはいったいなんなのだろうと考えた。わたしは誰なんだろう。わたしの価値はなんだろう。わたしはどこにいればいいんだろう。わたしは、どうしていつもこんなに醜いのだろう。

締め付けられる心の痛みに耐えきれず、子どものように涙を零しながら、ただ天井に顔を向け、この聖なる場所にいるはずの神様に祈った。

神様、人生が一つだけなんて、あんまりです。

わたしは、わたしなんかになりたくなかった。

わたしは綱島さんみたいになりたい。可愛くて、綺麗で、みんなから愛されて、賢く気まぐれで行動力があって。

そうでなければ、真中さんのような人がいい。強く逞《たくま》しくて、確たる自分自身を持っているような、凜《りん》とした人になりたい。

涙が、止まらない。呻きが、収まらない。このまま、消えたい。本の雪崩が起きて、わたしを押し潰して、消しさってほしい。神様、こんなちっぽけで、なんの取り柄もない中学二年生の女の子くらい、書架の一つで押し潰せるはずでしょう？

我《わ》が儘《まま》を祈って、幼稚園児のように、涙をぽろぽろ流す。神様は来てくれなかった。頰がひたすらに濡れてくすぐったい。肩で涙を拭い、うああと呻きながら、それでも必死に声を殺そうとして、わたしは抱えていた小さな本をぎゅっと抱きしめる。心臓に、押し当てる。

「秋乃？」

醜いわたしの嗚咽に交じって聞こえたのは、神様の声ではなかったけれど、もしかしたら、それはわたしにとって似たようなものだったのかもしれない。なぜなら、あなたは、わたしの憧れる世界を創り出してしまう神様のような人だったから。

真中さん。

「どうしたの？　大丈夫？」

優しい声だった。だから、大丈夫だよと頷きたかったのに、わたしはその言葉のせいで余計に傷口を押し開かれたみたいに、大きく口を開いて呻きながら、真中さんの方へよろよろと足を向けた。

真中さんの肩が、わたしの身体を抱き止めるのを、感じる。わたしの髪を、いくつもの言葉と優しさを書き出す魔法の指先が、そっと撫でていく。

「もしかして、綱島さんたちとなにかあった？」

また、優しい声がする。言えない。なにも言えない。こんなこと誰にも理解してもらえない。わたしはかぶりを振った。羞恥のあまり消えてしまいたくて、自分自身を否定したくて、かぶりを振る。真中さんの手が、わたしの背をさすった。

「お願い。聞かせてよ。秋乃の物語」

頬に冷たいものが触れる。それは真中さんの人差し指だった。

わたしの物語。

不思議な、言葉の響きだった。

いつも、あなたはそう。

不思議な響きのする言葉を使って、わたしのことを魅了する。

「わたし……」

わたしは、不思議と自分が安堵していくのを感じながら、手にした文庫を心臓に押し当てて頷く。真中さんは優しく笑って、わたしの涙を拭いながら言った。

「それじゃ、いつもの秘密の席に行こうか」

＊

わたしは、わたしのことをうまく話せただろうか——。

真中さんの隣の席に腰掛けて、気恥ずかしい思いで、ぽつり、ぽつり、と言葉を落としていく。いつだって、わたしは自分のことをうまく話せない。言葉は途切れ、閊《つか》えて、意味不明なものにしかなってくれなかったけれど、真中さんはときどきわたしの肩を摩《さす》るようにして、辛抱強く話を聞いてくれた。

「ほら、洟《はな》かみなよ」

そう言って、真中さんがポケットティッシュを差し出してくる。わたしはそれを使って、言われるままに洟をかんだ。思ったより、ち－んと大きな音が飛びだしてしまい、今度は別の羞恥心が燃え上がる。そんなわたしを見て、真中さんはころころと鈴を転がしたように笑った。

「恥ずかしい……」

消え入りそうな声で呟くと、真中さんは笑ったまま、わたしの肩を優しく叩《たた》く。

「落ち着いた？」

「うん……」

心臓はまだ強く脈打っていたけれど、もう顔がぐしゃぐしゃと歪んでしまうことはない。

「どうしてわかったの。綱島さんたちと関係あることだって」

「そんなの、わかるよ」真中さんは優しい眼差しで言う。「秋乃を見ていればさ」

「わたしを……？」

「うん。お昼休み、少しだけ秋乃のことを見ていたんだ。綱島さんたちのこともね。なにを話していたか知らないけれど、秋乃の様子がおかしいって思った」

「わたしの、ことを……?」

「ああ、いや、そのさ、ずっと見ていたとか、そういうわけじゃなくてね。なんていうのかさ、前にも話したと思うけれど……。こう、世界の行間を読むわけだ」

真中さんが口にしていた、それはまるで魔法みたいな言葉。

「物語を――、その中でも、特に小説を読む意味の一つって、そこにあるんじゃないかなあって、あたしは思ってる」

「その、真中さんの言う、世界の行間を読むことが、読書をする上で大事ってこと?」

「う—ん、大事というか、そもそも読書という行為の存在意義というか」真中さんは眉を寄せて難しそうな表情をした。腕を組んで首を傾《かし》げている。彼女のシュシュで纏めた尾のような髪が、大きく揺れ動く。「あ。あくまで、あたしがそう思ってるってだけだよ。本の読み方なんて、人それぞれなんだから」

「どういう意味?」

よく、わからない。わたしは洟を啜《すす》りながら、彼女に聞いた。

「あのね」彼女はわたしを見て、また優しい表情に戻る。「小説を読むって、不思議な行為だと思うんだ。書かれてる文章一つをとっても、読んだ人それぞれが違った意味を見出《みいだ》す。みんな違う感情を汲《く》み取《と》って、違う景色を想像して、違う世界を創り出して……。映画やアニメとかと違って、自分で考えて汲み取らないといけない、能動的なところがすごく大きいと思うの。でも、だからこそ、わかるようになってくることがあると思うんだ。物語の中で、いろいろな体験をして、涙を流して、優しい気持ちになって、ときには理不尽な怒りを覚えて、いろいろな人生を共有していく……」

彼女の語る言葉の一つ一つ。

それが、わたしの傷ついた胸に染みいっていく。

「綴られた文字から、行間に織り込まれた登場人物たちの心象を一つ一つ掬《すく》い取《と》って、そうしてまったくの他人へと深く感情移入する。あたしたち人間には、それができる力があるんだよ。よく考えると、それって凄いことじゃない？　だから、そんなふうにして注意深く傍らの人を見て、その人がどんなことを考えて、どんなことに悩んでいるのか、他人の心を読み解いて、感受することだってできるはず。物語に共感する感受性を、内側に閉じ込めておくだけじゃなくて外側に向けるの。そうしたら、きっと大切なことに気づけるはずなんだ」

そうやって、秋乃を見つけた。様子がおかしいな、大丈夫かなって思ってた。それでもし、これが物語だったら、傷ついた友達の側には誰かが付いていてあげなきゃ。少なくとも、あたしはそうありたいって思った。

「あたしは、そういう人間になりたいなって」

真中さんの言葉を胸の奥に書き留めるようにしながら、わたしはそこに手を置いた。ブラウスの向こう側で、心臓がどきどきと鳴り続けている。彼女の言葉の意味を理解していくにつれて、わたしは吐息を漏らしていた。優しい物語を読み終えたあとのような気分で。

「それ……。すごく、すてき」

彼女は、やっぱり照れくさそうにして笑った。

「あのさ、お節介かもしれないけれど、あたし、もう一つ秋乃に伝えておきたいって思う」

そう言って、彼女は視線をテーブルの上へと向けた。わたしが泣きながら抱えた文庫本が、ぽつねんとそこに置かれている。

「秋乃は、たぶん、この本に自分を見つけたんだね」

わたしは、はっと息を呑《の》んで真中さんを見る。

「どうして」

「簡単だよ。あたしも、この小説が好きなの。ほら、あたしたち、似たもの同士だから」

似たもの同士。

わたしと、真中さんが？

「ぜんぜん、違うと思う」わたしは頬が赤くなるのを感じ、俯きながらぼそぼそと喋《しゃべ》る。

「わたしは、真中さんみたいに、小説を読んでそんなことを考えたりなんて、ぜんぜんしなかったよ。本を読んでいる数だって、真中さんの方がずっとすごい。なにより、自分で物語を書いてしまうんだもん。ぜんぜん、すごいよ。わたしなんか、比べられないよ」

真中さんは、わたしをじっと見た。睨むようにも、挑むようにも似た眼差しだった。

「読書って行為に、上も下もないよ。ただ、物語が好きって気持ちがあればいいじゃん。それがない人だっているんだから、秋乃、それってたぶん凄いことなんだよ」

真中さんは、この聖域のように穏やかな図書室にぐるりと眼を向けた。

「図書委員の子って、やりたくなくて、仕方なくやってる子と、本が好きでやってる子、いろいろな子がいるよね。でも、秋乃は仕方なくやってるわけじゃない。カウンターの中、穏やかな表情で、いつも楽しそうに読書をしているでしょう。本を受け取るときの仕草とか、ページを捲るときの優しい手つきとか、ああ、この子って、物語だけじゃなくて、本って媒体そのものが好きなんだなって。そういうの、見ればわかるよ」

意外だった。わたしは自分が思っている以上に、真中さんに観察されていたらしい。この図書室で話をするまで、同じ教室にいるというのに、わたしは真中さんのことにちっとも視線を向けたことがなかった。こんなに明るく活発に話す子だなんて、想像もしていなかった。あるいは、これが、真中さんの世界を感受する力なのかもしれない。

世界の行間を読む。

そうして、大事なことに気づき、人を読み解いて、行動する。

それが、読書の持つ力の一つ——。

でも、わたしは俯いたまま呟いた。

「わたしは……。書店の娘になんて、生まれなければよかったって……、そう、思ってる。そうしたら、本なんて読まなくて、よかったのにって……。もっと明るくて、みんなに好かれるような子に、なれたんじゃないかって……」

こんな気持ちを、誰かに告白するのは初めてだった。

だからなのか、呟いた言葉はぐちゃぐちゃだった。嗚咽と溢れる涙と力の籠もった頰の筋肉のせいで、とても聞き取りづらい言葉になっている。

なのに、真中さんは、わたしの言葉をきちんと聞き取ってくれた。

「秋乃は、自分の物語が嫌いになっちゃったんだね」

「わたしの、物語……?」

その言葉に、わたしは空想の中でびりびりに破り棄《す》てた真っ白な文庫本のことを想起する。汚物を処理するように、便器に流した自分の物語。すごいな、と思った。涙を堪えながら、笑いそうにすらなった。真中さんには、わたしのことが、なんでもわかるみたいだった。

「きっかけは、この本でしょう? 他の人の評価が気になっちゃった?」

彼女は、テーブルの上の文庫本に手を伸ばす。

まるで、あなたは魔法使いか、そうでなければ、神様みたい。

真中さんはその本をぱらぱらと捲った。紙の匂いを嗅ぐように、眼を閉ざして顔を近付ける。柔らかな夕陽が射し込むその光景を涙交じりに見て、まるで彼女が物語の世界に入り込んでいく瞬間を見るような錯覚に陥った。

「わかるよ。あたしも、自分の好きな登場人物や主人公が、嫌われちゃってるのはつらい。まして強く感情移入したあとじゃ、まるで自分のことを言われているみたいで、あたしって、こんなに嫌われる人間なのかなって考えちゃう」

真中さんは、わたしがなにも言わないのに、わたしの気持ちを代弁する。わたしの心の隙間、かたちにすらなっていないところを、魔法の力で読み解きながら。

「そうすると、自分の生き方に価値なんてあるのかなって、あたしも不安になるんだ。好きでこんな性格になったわけじゃない。違う人生を選べたら、そうしていたはずなのにって……。でもね、秋乃、あたし、思うんだ。本の読み方は、人それぞれで、そこからなにを感受するのかも、人それぞれなんじゃないかなって」

「それは……、そう、かもしれないけれど」

「誰もが同じ本を読んで感動できるわけじゃない。文章や文体は、物語の心臓の鼓動のようなもの。似ているようで、注意深く耳をすませば、一つ一つ違ったリズムを刻んでいる。誰しも物語の受け取り方が違うのなら、その鼓動と自分の鼓動がまったく合わないと感じる人がいても不思議じゃない。むしろ、自分の心拍と一致する文章に出逢えたときは、本当に奇跡的なことで、とても幸せな気持ちになれる。物語の価値は、一つじゃない」

そんなふうに、真摯な表情でわたしを見つめる真中さんの言葉に、わたしは聞き入っていった。こんなふうに真剣に、そして必死に、そして信念を持ってわたしに言葉を伝えようとする人に出会ったのは、初めてかもしれない。

「人間って、ものの価値を、絶対的なものとして捉えたくてたまらない生き物だよね。そして、自分の感性が世界でただ一つ、絶対に正しいものだって信じてしまってる。自分がだめだと思ったら、それは絶対的にだめで、それとは違う意見を持つ人の存在や、その人の心の動きをまるで無視してしまう。でも、きっと違うんだ。物語の価値は相対的なもので、絶対的なものなんかじゃない。表面的に見れば、もしかしたら、誰もがその本を否定的に言うのかもしれない。物事を否定する言葉の方が、表に出てきやすいもの。でも、きっと秋乃と同じように、あるいはあたしのように、この物語が好きで好きでたまらない子だっているんだよ」

真中さんは、愛しげに手にした文庫本に眼を落とす。それから、胸に抱くように、そっと心臓に押し付けた。

「百人の人間がいれば、百人のものの見方がある。百人それぞれの感じ方があって、百人それぞれの愛し方がある。そして、それは人の価値も変わらないことなんだ」

人の価値。

わたしの、価値。

「あたしは好きだよ。秋乃の、その繊細な感受性」

真中さんは笑って、わたしにその文庫本を差し出す。

わたしは呆然として、ただ自然と、その本を受け取っていた。

好き、という言葉を、誰かに言われたのは。

そんなふうに、具体的に、自分のどんなところがと挙げられて、言われたのは。

もしかしたら、初めてかもしれなくて。

「あなたが、本屋さんのお嬢さんで、読書に興味を持って、繊細な感性を磨いて、そうして、読書をするのが大好きな子じゃなかったら、こうしてあたしと話をすることなんてなかったと思う。あたしの、書きかけの物語を読んでくれることだってなかった。だから、あたしは今の秋乃が好きだよ。あたしの物語を、読んでくれてありがとう」

射し込んでくる夕陽が眩しくて、照れたように笑う真中さんの表情が、埃《ほこり》の粒子の中で煌めいている。わたしは彼女を見つめ返しながら、わたしと似た物語を胸に抱いて、彼女を見返した。

わたしの価値。

こんなわたしにも、価値があるのだとしたら。

「綱島さんたちだって、秋乃のこと、嫌いじゃないはずだよ。綱島さん、身内には優しいタイプみたいだし、絶対に可愛がってる。だから、そんなふうに怯えないで自分の物語の価値を信じてあげて。まずはさ、あなたが好きにならなきゃ。あなたという物語を」

「わたしも……。物語の主人公に、なっていいのかな」

怖々と、そう問いかける。

「もちろん。誰の中にだって、物語はある。優しいだけが物語じゃないから、辛《つら》いこともたくさんあると思う。でも、いつかその物語を読んで、あなたのページの端に涙を落としてくれる人が、きっと現れるよ」

わたしは、文庫本を心臓に押しつける。

どきどきと、そこが高鳴る。

誰の中にも物語がある。

わたしの物語。

小説を読んだときみたいに、すてきな言葉の数々が、胸に染みこんで。

どうしてだろう。

わたしは、嬉しいはずなのに、涙をぼろぼろ流しながら頷く。

もう少しだけ、わたしは自分の物語を愛してみたい。

心から、そう感じた。

＊

綱島さんたちとのぎくしゃくした関係は、まるで呪いが魔法によって解かれてしまったみたいに、あっさりと終わりを迎えた。真中さんの半分でもいい。十分の一でもいい。感受したことを、外へ出そう。黙り込んでいないで、伝えたいことを伝えようと、そう考えたおかげかもしれない。またあのアイスクリーム屋さんの話題になったとき、わたしは精一杯の勇気を振り絞り、言った。

「そのお店、みんな、いつ行ったの？」

「あ、ごめん。あれ、そういえば、なんであきのんいなかったんだっけ？」

佐々木さんが不思議そうに首を傾げた。北山さんが続ける。

「ほら、あたしが兄ちゃんの友達とカラオケするって話になって、なんか呼ばれて」

「あ、そっか、あきのんも誘おうとしたけど、リカが怒ったんだよね」

「だって、あれ、絶対合コン目的だったでしょ」綱島さんが鼻を鳴らし、苛立たしげに言う。「実際そうだったっぽいしさ。秋乃の性格じゃ、絶対萎縮すると思って」

わたしは、ぽかんとして、綱島さんのことを見遣《みや》る。

「あれ」綱島さんはわたしの視線を受け止めて、焦ったように言う。「ごめん、行きたかった？　カラオケとか、秋乃に似合わないと思ってさ。前に嫌いだって言ってたから」

「ううん、そうじゃなくて」

わたしは、自分のことが情けなくて、そうして、ぜんぜん外の世界のことを見ていなかったのだなと、強く反省した。

それから、少し恥ずかしかったけれど、精一杯の笑顔を浮かべて言う。

「ありがとう。綱島さん」

「それさー、そろそろもうやめようよ」

綱島さんが、顔を顰《しか》めて言う。

「え？」

「綱島さんっての。リカでいいっての。前から言ってるじゃん」

「あ……」

それを耳にして、夕暮れの通学路を歩いていた佐々木さんたちがくすくすと笑う。

「ええと、ごめん……。リカ」

「謝ったり、ありがとうって言ったり、あきのんってば可愛いなぁ」

北山さんが笑って、わたしの肩をつつく。それはなんだか、心の表面を撫でられたような気持ちで、とてもくすぐったかった。

「じゃ、今からあのお店行く？」

綱島さんの提案に、わたしたちは乗り気で騒いだけれど、流石に中学二年生が何駅も先のお店で下校中に買い食いなどをするのは、よろしくないことかもしれない。行きたい、でも、行っちゃだめでしょー、と、佐々木さんや北山さんの間で意見が割れて、綱島さんが、えーいいじゃーん、と食い下がる。

わたしは、声を出して。

「今度の土曜日に、みんなで行かない？」

そう、提案した。

誰の中にも物語があるのなら。

物語の価値が一つではないのなら。

わたしは、わたしの物語を続けていきたい。

胸を張って、これがわたしの物語だと言えるように、生きていきたい。

思い浮かぶのは、テーブルに向かって、必死になってボールペンを走らせている真中さんの背中だった。あの物語の続きは、いつ完成するだろう。先が気になって仕方がないけれど、わたしはもうひとつ、別のことで胸の中が疼《うず》くのを感じていた。

わたしが、主人公になってもいいのなら。

わたしも、あんなふうに自分の物語を創《つく》り出したい。

小説を、書きたい。

そんな、熱い願いが、胸の中で膨らんでいく。

まだ、誰にも言えていない。

でも、お話を空想して、こっそり真中さんと同じボールペンとノートを買った。

綴ってみた物語は、あまりにも文章が稚拙で、誰かに見せるのが気恥ずかしいけれど。

いつか、完成したら、真中さんに読んでもらいたい。

あなたのおかげで、生み出された物語があるのだということを。

あなたに、知ってほしいと思った。

第二話　書かない理由はなんなのか？

「ではここで、とある作家の小説に寄せられたレビューを見てみよう。『こんな大人びた高校生は存在しない』『普通の女性は、だわ、とか、なのよ、とか話さない』『あまりにもご都合主義な展開である。我々の社会はこうはなっていない』『この作家は人間が書けないようだ』等々……。なかなか厳しい意見だ。前にもリアリティの重要性に関しては話したと思う。そう、この小説は人間が書けていない。ひいては現実が書けていないんだ。そういった小説は、ご覧のように叩かれることになる。この、女性の言葉遣いに関しては、もっともな意見だ。そういうわけで、成瀬《なるせ》さんも主人公の口調を改めてみてはどうだろうか。現代社会における一般的な少女の一人称は、『あたし』でも、『わたし』でもなく、『うち』なのではないか？　そこの人間が書けていない妖怪は例外中の例外だよ」

「成瀬さん、その人はっ倒していいわよ」

ホワイトボードに様々な注意点を書き込みながら、千谷一也《ちたにいちや》先輩はそう熱く語る。わたしは質問をしようとしたのだけれど、そんな彼に対して冷めた声を鋭く発したのは、長机の隅で雑誌を読んでいた小余綾詩凪《こゆるぎしいな》先輩だった。

高校生になって初めての夏休みが明け、もうそろそろ十月に入る頃だというのに、夏の名残は季節外れの蒸し暑さとなって尾を引いている。今も、文芸部の部室の中は酷く暑苦しい。その気温の上昇に拍車をかけようとするみたいに、いつもの先輩たちの口論が、今にも始まろうとしていた。

「君は黙っていろ。なにか問題でもあるっていうのか？」

「大ありに決まっているじゃない」小余綾先輩は溜息を漏らして雑誌を置く。「あなたの現実を彼女に押しつけてどうするの。だいたい成瀬さんが書いている小説って、ファンタジーじゃないの？　日本語で会話しているわけじゃないんだから、一人称がなんだって構わないでしょう」

「まったくなにもわかっていないな、君は……。いいか、読者はそんな細かい点まで考慮してくれないんだ。それにたとえファンタジーだろうが、リアリティに関するツッコミは存在する。特に作中にジャガイモでも出してみろ。自称知識人たちがあっという間にハエのようにして群がってくるんだぞ。だいたいなんだ、君の存在自体、人間が書けていないじゃないか。人間が書けていない存在が口を挟んでくるんじゃない」

「なんですって？」

「なにおう！」

「あのう」

言い合う二人へとわたしはおずおずと挙手した。それから三往復ほどのやりとりがあったあとで、先輩たちはわたしの存在を思い出してくれたらしい。二人は激しい火花を散らしたあとで、はっとしてこちらに顔を向けた。

「成瀬さん、どうしたの？」

千谷先輩へ向けるものとは打って変わり、小余綾先輩が可愛らしい笑顔を浮かべる。

「ええと、そのぅ。千谷先輩の仰《おっしゃ》ることは、なんとなくわかります。わたしも自分が読んだ本の感想を見ていて、そういったものを眼にすることはよくありますから。ただ……」

「ただ？」

「たとえば、先ほどの口調の話で言うなら、小余綾先輩はとても丁寧な言葉遣いでお話をされる人だと思います。九ノ里《くのり》先輩のように、凄く大人びた人だっていますし、逆にとても子供っぽい人もいますよね。あ、そこが、チャーミングポイント、なんだと思いますけれど……」

「そうね。いるわね。高校生なのに小学生レベルの精神をしている子供っぽいの。誰とは言わないけれどね」

「そんな高校生いるか？　人間が書けてなさすぎるだろ」

「なんて言えばいいんでしょう。ときどき、わたしの見ている現実と、違うなっていう感想があるんです。それが、なんだか不思議で……」

「成瀬さん。一つ真理を教えてあげよう。読者はリアリティの大小なんて、実はどうでもいいんだ。読んだ作品が面白くなかったとき、彼らは表現能力がそれほど高くないので、とりあえず眼についた部分を叩いて粋がっているだけなんだよ！」

「ねぇ、成瀬さん。そこの雑誌を丸めて、一緒にこの人を叩いてみない？　ちょっと我慢できなくなってきたわ。袋だたきっていうのを、一度やってみたかったの」

「なぁ、なんで君は、そんな分厚い国語辞典を取り出してるんだ？」

いけない。このままでは二人は取っ組み合いを始めてしまいそうな勢いだ。

わたしは慌てて質問を続けた。

「その、リアリティが大事なのはわかります。けれど、誰もが納得できる現実なんて、書くことができるんでしょうか？」

「それは無理でしょうね」

そう厳しく答えたのは、意外にも千谷先輩ではなく、小余綾先輩の方だった。

彼女は書架の中からいちばん大きくて重たそうな本を取り出し、その鋭利な角を指先で撫でつけながら言った。

「現実は、一人一人違うものなのよ。一人に対して、たった一つしか持ち得ないものなの」

「つまり、あれこれ文句を言ってくる読者は世界も心も狭いってことだ。そんなやつに僕はこう言いたい。文句を言ってる暇があるなら、書を捨て旅に出ろと」

「わたしはこう言いたいわ。ねぇ、殴られて気絶したら、そのときの描写がリアルに書けるんじゃない？」

「笑顔で近付いてくるなよ、怖いだろ……」

「とにかくね」

小余綾先輩は、その重たそうな辞典を机に置いた。わたしの方を見て、眉根を寄せる。彼女なりに、言葉を選んでいるようだった。

「現実は、一人に一つ。誰もが納得できる現実を描くのは無理だけれど、でも、作者の願いを込めた現実を、読んでくれる人に分け与えることはできると思うの」

「分け与える……」

「こんな世界がある。こんな日常がある。わたしたちは新しい現実を創り上げて、それを読んでくれる人に届けることができる。それは小説のすてきなところだと思う。人生は一度きり。世界も、現実も、自分が感受できるものは一つしかない。けれど物語があれば違う。本当は一つだけだった世界も現実も無限に広がっていく。まるで魔法のようじゃない?」

世界は、一つだけ。

わたしの現実は、この命が生まれ、そして死んでいくまで、たったの一つだけれど。

物語は、わたしという現実の可能性を無限に広げてくれる。ページを捲る度に、新たな世界に触れ、感じたこともないような感情に揺さぶられる。流したことのない涙を流し、知るはずのなかった知識を得て、恋をして愛を与える——。たとえ所詮は物語でしかないのだとしても、それはきっと、わたしの現実を豊かにしてくれるだろう。

「すてき、ですね」

小さく、吐息が漏れた。小余綾先輩は照れたように笑う。

「まぁ、確かに」ホワイトボードの裏に隠れていた千谷先輩が顔を覗かせた。「そういう考えもあるか。いつか、僕らの現実《ものがたり》が、誰かの現実を救うことがあるかもしれない」

その言葉に、小余綾先輩は驚いたようだった。

眼を何度かしばたたかせ、頷いた。

「そうね。そうなると、いいわね」

わたしは、机に開いたノートを見下ろした。

千谷先輩が板書したものを、書き写そうと思って開いてあったのだ。

その空白に、『現実』と、言葉を記す。

それからわたしは、これからどんな物語を綴り、どんな物語を読むのだろうと夢想した。

いつかわたしの現実は、誰かの現実に寄り添うことができるだろうか、と――。

＊

「ですので、申し訳ないですけれど、わたしの方でこの原稿をお預かりすることはできません。本当に、ごめんなさい」

曾我部《そかべ》千弦《ちづる》さんは、そう言って頭を下げた。

よく晴れた日曜の午後、冷房のよく効いた、静かな喫茶店の片隅だった。九月も終わるというのに、まだまだ暑い日が続いている。僕は久しぶりに会った担当編集女史の、生真面目にぺこりと下げたその頭頂部を眺めていた。

「いえ、そんな、大丈夫です。まぁ、普通はそうだろうなと覚悟してました」

曾我部さんは、顔を上げた。それから、少し怒ったふうに唇を尖らせて言う。

「もしかして、ダメ元でお願いされちゃいました？」

「え、いや、そのう」

「まったく別の、新作原稿でしたら、喜んで受け取りますよ？」

「で、ですよね……」

笑って答えながら、息を吐く。

吐いた息は、きっと重たくて、すぐにテーブルの下へ流れ落ちていっただろう。

曾我部千弦さんは、某社で僕を担当してくれている女性編集者さんだ。当人は、童顔なだけなんですよう、と言っているが、就活をしている大学生に見間違えられても不思議はない容貌だった。まだ二十代なのではないだろうか。ともかく、人柄の方も、フレンドリィで親しみやすい。今日だって、暫く平日は時間がとれないからと、わざわざ休日に予定を作ってくれたのである。

僕がそんな彼女にお願いをしたのは、断られて当然の内容だった。

それは、僕がデビューした出版社で打ち切られて、出せないままになっている原稿を、曾我部さんのところで出させてはもらえないだろうか――という無茶なお願いだった。

売れない覆面作家、千谷一夜《いちや》。その正体は、デビュー当時中学二年生の青臭い洟垂《はなた》れ小僧だった。そう。誰であろう僕のことである。そんな千谷一夜のデビュー作は、とにかく売れなかった。もう、どうしようもないくらい、売れなかったのだ。

本が売れない時代である。むしろ売れる本が異常なのだ、と言われるくらいに小説という娯楽は人々の手元から離れてしまった。本が売れなければ続刊は出せない。千谷一夜のデビュー作はシリーズ作品として続刊が構想されており、第二作の原稿も既に完成してはいたのだが、打ち切りの判断を下されて世に出る機会を失った。書いた当人からすれば、誕生するはずだった命の芽を摘まれたのに等しい。既に原稿はできている。どうにかして、世に送り出してあげたい。愚かにも、僕はそのためにまだ足掻《あが》こうなどと考えてしまっていた。

「千谷さん。正直に言ってしまっても、よろしいですか?」

「はい」

「まず、最初に――。半年くらい前だと思うんですけれど、わたし、千谷さんに、新しい原稿が欲しいなーって、お願いをしましたよね?」

「ええと、はい……」

「その原稿、どうなってます? あ、きっと千谷さんのことですから、プロットくらいできてますよね?」

「いや、ええと……、そのう、はい、いや、ええっと……」

僕がしどろもどろになっていると、曾我部さんがくすりと笑みを零した。

「ごめんなさい。ちょっといじめちゃいました。でも、わかりますよね。千谷さんは確かに高校生さんですけれど、プロの作家として、お仕事として小説を書いているんだっていうこと」

「いや、その……。面目ないです」

「もちろん、千谷さんが行き詰まっているんだってこと、わたしはわかっています。毎日会社に通ってデスクに向かうだけで原稿が生まれてくるってわけじゃないことも、何人もの作家さんに締め切りを破られた経験から、よぉくわかっていますよ。ええ、よぉく」

「すみません……」

「ですから、最初に約束したお仕事が完了していないうちに、こういうご相談を頂いても、ちょっと困っちゃいます。まぁ、だからといって、仕事が終わっているなら大丈夫なのかっていうと、そういう問題でもないんですけれど……。ダメ元で頼んできたというのなら、千谷さんも、わかってくれていますよね」

息を吐く。すると、やはりぎちりと、胸の奥が痛んだ。

俯いていると、少しばかりの沈黙があった。

それから、彼女が意を決したように声を発する気配を感じ、僕は顔を上げる。

「わたし、今の千谷さんに必要なのは、前進することだと思います」

熱心に目を向けて、曾我部さんはそう告げた。

「千谷一夜の新しい小説を、書いてみませんか」

新しい小説を書く――。

胸の中、絡み合った鋼《はがね》の機構が、ぎちぎちと音を立てて蠢《うごめ》いている。いったん動き出せば、それは摩擦が発する熱で僕の心を焦がし尽くそうとする。この出来損ないの歯車を、僕は止めるべきなのだろう。いっそ諦めてしまえば、もう痛みを発することはないはずだ。

どう足掻いたって、続きを書くことが叶《かな》わないのなら、諦めてしまえばいい。前に進むためなのだと、自分に言い聞かせて。その方が、ずっと楽なはずだ。

けれど、僕にはわからないのだ。

僕は、自分のデビュー作が大好きだ。そして、そこから連なるシリーズ第二作も、最高に面白い小説だと思っている。しかし、それが売れない作品だと評価され、だから命は絶ちきられたというのに――。

僕はそれを超える作品を、これから先、書くことができるのだろうか?

＊

本の背に指先を這《は》わせて、手早くカバーを折り込んでいく。

指の腹へと、滑らかな紙の質感が流れるようにして伝わる。この作業を心地よいと感じるようになったのは、いつからだろう。わたしはとりたてて器用な人間ではないから、最初はとても苦戦した。時間がかかったし、お客さんを待たせるわけにはいかないから、とにかく焦って綺麗に折れない。せっかく買ってもらった本をいびつに包んでしまって、一日中罪悪感に襲われることもあったくらい。それでも、カバーの用紙に指が触れると、その心地よさが腕を這い上がり、この胸にまで伝わってくる。文庫の手触り、滑らかさ、その薫り。綺麗に包むことができたときの充実感は、他ではなかなか味わえない。角に指を添わせて、ほら、できあがり。物語を、美しく包むことができた。

丁寧に、読んでくれると嬉しい。

「ありがとうございました」

ビニル袋に入れて、お客さんに手渡す。

「会心の出来だ」

出て行くお客さんを見届けたあと、寺内《てらうち》さんがいたずらっぽく囁《ささや》いた。うまくいったのが表情に出ていたのかもしれない。わたしは気恥ずかしくなって、ごまかすみたいに、取り出したハンカチで額の汗を拭った。

カバーをかけるコツを教えてくれたのは、父でも母でもなく、バイトの寺内さんだった。教え上手なのだろう。大学生の頃から大型書店で働いていたという彼女は、とても器用でポップ作りもうまく、父からも頼られていた。

「ちょっと冷房の効きが悪い？」

わたしの様子を見て、彼女が天井の空調に眼を向けた。

「大丈夫です。でも、ぜんぜん秋に入る感じがしませんよね」

「そうだね」寺内さんが笑う。「なんか、今年の秋は暫く暑い日が続くらしいよ」

暑いのは苦手だ。思わず、げんなりとした表情をしてしまう。

「秋乃ちゃんは、夏より秋の方が好き？　名前に入ってるもんね」

「そういうわけじゃないですけれど……、夏よりはいいですね」

「読書の秋だもんね」そう言って、朗らかに寺内さんが笑う。「秋乃ちゃんにピッタリの季節だ」

そんなふうに考えたことはなかったので、なんだかおかしくて笑みが零れた。

「文化の秋ともいいますよ」

「確かに。あ、そうだ。秋乃ちゃんの高校って、文化祭はいつ？　なにやるの？」

「うちは十一月です。クラスで、夏祭りの――」

答えようとしたとき、レジにお客さんが近付いてくることに気がついた。無駄話ばかりしていられない。

「あの、すみません。探してほしい漫画があるんですけれど……」

「あ、はい」

若い女性に声をかけられて、寺内さんが対応する。日曜なので、お客さんは多い。レジ打ちが一区切りしたあと、わたしは暫くスリップを整理していた。なかなか寺内さんが戻らないので何気なく顔を上げると、文庫棚の前にいる女の子に眼が留まった。一時間くらい前にお店に入ってきた中学生くらいの子だ。文庫棚の前を、不安げな表情で右往左往している。その、なにも買わず延々とうろうろしている姿を見て、どこか不審な気配を感じてしまった。

万引きかもしれない。

わたしとそう年齢の変わらない子が万引きをする例は珍しくなく、実際にこのお店もそうした被害に何度も遭っている。わたしはそわそわとした心持ちでカウンターの内側に視線を落とした。お客さんから見えることはないが、そこには防犯カメラで捉えた過去の万引き犯の映像が貼り付けられている。けれど、中学生の女の子の姿は、そこにはない。

手にしたスリップを弄びながら、その女の子を注意深く観察した。よく見る顔だと気づいた。先週も来ていた。そのときは、わたしもよく読むライトノベルの新刊を買っていってくれた。その前の週も、男の子向けライトノベルを買ってくれたのを覚えている。自分の読む本と同じものを買ってくれるお客さんのことは、ついつい嬉しくなって記憶に残ってしまう。丁寧にカバーをかけなくちゃ、と気合が入ってしまうからかもしれない。けれど、今日その彼女がうろうろとしているのは、ライトノベルのある棚ではなく、一般文芸の文庫が並んでいる棚の前だった。記憶にある限り、その子がライトノベル以外の本を買っていったことはない。もちろん、両親や寺内さんに比べたら、わたしはほんのちょっとの間しかレジに立たないから、知らないだけという可能性もあるだろう。

なんとなく警戒していたら、文庫本を手にしていたその子と眼が合った。女の子は気まずそうに眼を伏せて、本を棚に戻すと店を出て行ってしまう。ただ本を吟味《ぎんみ》していただけなのだとしたら、申し訳ないことをしてしまったかもしれない。万引きをするような子には見えなかった。それに、その子が持っていたのは小さな肩掛けのポシェットで、盗んだ本を忍ばせるスペースなんてなさそうだったから。

お客さんがレジに並ぶ気配もなかったので、なんとなくその子の姿を視線で追って、硝子《ガラス》越しに店の外へと眼を向けていたときだった。

「どうかしたの？」

戻ってきた寺内さんに聞かれて、慌ててかぶりを振った。

「いえ、なんでもないです」

奇妙な罪悪感に襲われた。一瞬でも、お客さんを万引き犯と疑ってしまったのだから。

「さっきのお客さんの本、見つかりました？」

棚の方に眼を向けると、さっきの女性が一冊のコミックスを抱えて、他の棚を眺めているのが見えた。

「うん、一応、この前まで面陳してあったやつなんだけれどね」

寺内さんが言うには、新刊ではあるのだけれど、入荷した数がとても少ないので、うまく展開できないのだという。配本が少なければ、平台に並べられなくて、棚挿しになってしまい、結果的に見逃されてしまうことも多い。さっきみたいに、本が見つからなくて書店員に声をかけてくれるお客さんというのは、全体数から見れば稀《まれ》な方なのだ。

「あたしも好きなコミックスだから、思わずちょっと話しちゃった」

朗らかに、笑って言う。人見知りしない寺内さんの人柄が、ほんのちょっと羨ましい。

「どんな漫画なんですか？」

聞くと、彼女は簡単にあらすじを教えてくれた。

「それで、凄い続きが気になるところで、作者さんが病気になっちゃって、暫く連載も止まっちゃってたんだよね。それで、この前、ついに二年ぶりに新刊が出たってわけ」

「へぇ」

作者の事情があるとはいえ、二年も待つことになってしまったら、わたしなら、きっとやきもきしてしまうだろうな、と考えた。

「秋乃ちゃんにはさ、そういう、続きが気になって仕方ない本ってある？　どうしても読みたいのに、なかなか読めないような」

「わたしは――」

口を開きながら、考える。基本的に、ライトノベルを読むことが多いわたしにとって、ほとんどの作品は続刊することが前提となったものだ。早ければ数ヵ月後には続きが読めるので、そんなふうに焦《じ》れったい気持ちになったことはあまりない、のだけれど。

ふと、一つの作品を連想して、お腹の奥が、ざらりと蠢く。

読みたくて、けれど、どうしても叶わない作品と、その思い出――。

でも、そのタイトルを口にしたところで、寺内さんに伝わるはずもなく、わたしはかぶりを振って、ガラスウインドウの外に眼を向けた。

そろそろ、陽が傾き始める頃合いだ。

＊

夕刻になっても、茹《う》だるような暑さは変わらなかった。

紙袋を抱えて病院に入ると、独特の消毒薬の匂いと共に涼しい空気が身を包み込んでいく。ここのところ、金欠が続いていて雛子《ひなこ》に本を買い与えることができていない。そういうわけで、今日は献本として送ってもらった本を何冊か持参してきたところだ。

「ああ、お兄ちゃんにしては気が利く……。けれどね、今のヒナにはこれだけで充分だよ」

ベッド脇のテーブルに何冊もの本を並べては、簡単な紹介をしてやる。しかし、最終的に雛子が取り出したのは一冊の文庫本だった。それを幸せそうに胸に抱いて笑う。

それは『帆舞《ほまい》こまに』という、なんとも奇妙な名前をした作家の作品だった。

「もうね、今のところ、一日に一回読み返してるもんね。いやぁ、何度読み返しても、味わえるよ。するめのようだよ。読み返す度に不動詩凪《ふどうしいな》の味がするよ」

気持ち悪い表現をするなよ。というか僕の成分は微塵もないのか。

「はぁ、憧れの不動詩凪さんと、どうしようもなく頼りない不人気作家とはいえ、実の兄である千谷一夜とのコラボレーション……。尊い……。血が繋《つな》がってるんだから、これはもう、千谷雛子と不動詩凪のコラボレーションといっても差し支えない……。ああ、神と交わってしまった……」

表紙に頬ずりをするのやめなさいよ、変態的だから……。

ともあれ、雛子の言葉の通り、『帆舞こまに』の正体は、売れない覆面作家である千谷一夜と、超人気売れっ子作家である不動詩凪の合同ペンネームなのだった。

ほんの数ヵ月前のことだ。

僕はある経緯から、自分のクラスに転校してきた小余綾詩凪――不動詩凪というのは彼女の筆名である――と、合作小説を創り上げることになった。様々な紆余曲折《うよきょくせつ》を経て、作品はとうとう一週間ほど前に刊行され、恐らくは今ごろ書店に並んでいるのだろう。僕は理由あって書店に立ち入るのが難しい病《やまい》のため、まだこの眼で確認することはできていない。しかし、無名の新人作家の名前だ。書店には、それほど多くは並んでいないのかもしれない。

帆舞こまに。

千谷一夜はともかく、不動詩凪はファンが多い人気作家だ。その名前を公表すれば、きっと話題性を摑《つか》むことができただろう。しかし、小余綾は自分の筆名である不動詩凪を用いることを選ばなかった。そこにどんな想いがあったのか、僕は想像することができる。

想像できてしまえたから、そちらの方が何倍も売れるのだからと、不動詩凪の名前を用いることを強制することができなかった。それは商業的な観点から見れば愚かな判断としか言えないだろう。それでも、作家不動詩凪は自分の名前を出さなかった。彼女は匿名の作家二人からなるユニットとして、帆舞こまにという奇妙な名前を付けたのだ。

「まぁ、とりあえず、着替えと一緒にここに置いておくから、僕らの本に飽きたときでも読んでくれよ。面白いのも何冊か入ってるぞ」

「お兄ちゃんがよそ様の作品を褒めるなんて、珍しいこともあるもんだねぇ」

「いや、普通に面白いものは褒めるぞ」嫉妬のあまりに作品を正当に評価できない愚か者じゃないですから、僕はね。「春日井《かすがい》さんの新作なんて、すんげー傷を抉《えぐ》ってくる。あの人、心は僕より高校生なんじゃないか？」

「ああ、春日井啓《けい》って、おじさんのくせに、若い女の子書くの上手だよね。ちょっと変態的なくらいに」

「おじさんって言うなよ、お兄さんって呼んでさしあげろ」

「なるほど、少女の心を持ったお兄さん」

「やめてさしあげろ」

そんな話をしている間も、雛子は帆舞こまにの本を手放さない。よほど不動詩凪の作品が好きなのだろう。また、本をぺらぺらと開いては、うっとりと溜息を漏らしている。

「そんなに弄《いじ》ってると汚れちまうぞ」

「大丈夫、読書用だから。サイン入りの保存用は引き出しの中ですので」

「あ、そうですか……」

「布教用もあるよ！　お母さんが買ってきてくれた！　お母さん、五冊買ったってよ！」

母よ、今月、厳しいとか言っていたくせに……。

「そんなに買わなくても、見本がたくさん余ってるんだからさ……」

「布教用の本はいくらあっても足りないのだよ。今度、アヤちゃんが来てくれるっていうから、帆舞こまにをオススメしようと思って」

「僕や小余綾のことは秘密だぞ」

「わかってますよう」雛子は頬を膨らませた。「もし、学校に行けたら、ヒナ、みんなにオススメするのになぁ。図書委員になって、ポップ書いて、布教しまくるのに」

「おう。べつに、そりゃ、すぐに行けるようになるだろ。そんときは頼むぞ。きっと小余綾も喜ぶさ」

「うん……」

雛子は俯いた。それから、帆舞こまにの本を見下ろして、小さく囁く。

「お兄ちゃんさ」

「なんだよ」

「このお話、きっと続くよね」

「おう。続刊の第一話はもうできてて、僕はいま第二話を書いている途中だ」

「そっか……。楽しみ」

どこか、しゅんとした様子を見せて、雛子が言う。

「いやいや、ほんと、すぐだから！　二作目が刊行される頃には、雛子さんもお元気になってますよ？」

雛子は顔を上げて笑った。

「あはは、うーんとね、違うの。そうじゃなくって、えっと、昨日、詩凪さんが来てね」

「小余綾が？」

「うーん、お兄ちゃんには黙ってててって、言われたんだけれど……」

「なんだよ」

「詩凪さん、なんか、迷ってる感じだった」

「迷ってる？」

「うん、なんか。ヒナにね。このお話の続き、読みたいって聞いてきて。そりゃ、もちろん読みたいじゃん。そうしたら、どんな話がいいかって言われて」

「うーん、読者の希望を参考にしたいだけなんじゃないか？」

「そうなのかもしれないけれど、なんか、ちょっと悲しそうな顔だったから。それで、詩凪さん、もしかしたらもう続きは書かないかもって。そのときはごめんなさいねって」

「は？」

続きを、書かないかもしれない？

「おい待ってくれよ。なんだそれ、僕、ぜんぜん聞いてないぞ？　続きを書かない？」

「ヒナにだってよくわかんないよ」

わけがわからない。まるで目眩《めまい》さえするような困惑に、頭が支配されていく。

もう続きは書かないかもしれない。

どういう意味だ。まさか、プロットの構成に行き詰まっているのか？

僕らがシリーズ第二作目のプロットに取りかかったのは、夏休み後半のことだった。一作目と同じく、全四話なり五話の構成で作ることを目標とし、第一話、第二話となるプロットは早々に完成した。僕が担当する執筆の方も、第一話は九月中に完成しており、今は第二話の執筆途中だった。とはいえ、全話を通しての構造とテーマはまだ定まっていない。僕は小余綾が第三話や全体の構成を練り終えるのを待っているところなのだが、これまでの彼女のペースに比べると、確かに苦戦しているように思える。

しかし、だからといって、続きを書かないかもしれないなどと、雛子に弱音を零《こぼ》すだろうか？　プロットに苦戦しているのなら、僕に相談があってしかるべきだろう。あの夏のときのように、二人で挑めば解決する問題だってあるはずだ。それが、僕に相談をすることなく、書かないかもしれないだって？

そのあと暫く雛子と会話をしたが、僕はほとんど上の空だった。ただ、帰り際に、どこか力ない様子で雛子がこう言ったのを覚えている。

「お兄ちゃん。詩凪さんのこと、助けてあげてね」

もちろん、そうしたい。

けれど、僕になんの相談もない理由を考えてしまう。

小余綾詩凪は、はたして僕の助力を望んでいるのだろうか、と——。

＊

「十月に入り、文化祭まであと一ヵ月を切りました。ところが、今年は例年に比べて、古本市に出す本の収集率が悪いようです。図書委員は各自、改めてそれぞれのクラスに、古本を募集している旨を告知するようにしてください」

わたしたちをじろりと睨むように見回し、そう淡々と告げたのは水越《みなこし》先輩だった。

放課後の図書委員ミーティング。図書室の奥にある会議机に集まったわたしたちは、立ち上がってきびきびと連絡事項を読み上げる、水越先輩の姿を黙って見つめていた。

図書委員長である彼女は、いつも生真面目そうな表情をしていて、理知的なチタンフレームの眼鏡をかけている。長い黒髪と相まって、本に囲まれたこの場所に似付かわしい佇まいではあるけれど、わたしは彼女の鋭い眼差しがどことなく苦手だった。仕事はできるし、とても頼もしいのだけれど、なんだかロボットみたいで親しみを感じづらい、とでも言うのだろうか。

「また、一般公開日に行うビブリオバトルの参加者は、今のところ三名が立候補していますが、まだ受け付け中です。希望者は、推薦したい本を決めた上で、わたしか、柚木《ゆずき》先生、藤堂《とうどう》先生まで連絡してください。なにか質問はありますか」

じろりと、会議机を囲んで座る図書委員たちを睨んで、彼女が言う。本人にそのつもりはなさそうだけれど、質問があったとしても、気圧《けお》されてしまって、言い出しにくくなってしまう。

「あのう……」

おずおずと、わたしと同じく、一年生の図書委員である浅川《あさかわ》さんが手を上げた。

「なに？」

「えっと、そのビブリオバトル？　とかいうのの他にも、みんなそれぞれ、推薦したい本を展示するっていうのがありますよね」

「うん」水越先輩が頷く。「各自、ポップを書いてもらって、展示をしてもらいます。これは、全員参加ね。うちの伝統らしいから」

「それって、漫画とかでもいいんですか？」

浅川さんがそう聞く。すると、他の図書委員たち――、二年生の先輩たちが、彼女の方を見てくすくすと笑った。その奇妙な空気を肌で感じていると、水越先輩は視線を傍らに立っている学校司書の柚木先生に向けた。柚木先生がかぶりを振るのを見て、水越先輩が言う。

「漫画や雑誌はだめ。古本市のために収集している本と同じ条件です」

「はぁい」

残念そうに、浅川さんが答える。

「他に質問や報告がなければ、今日は解散します。それと、再来週から、集めた本のブッカー作業など始めるので、そのつもりで」

窮屈な会議が終わり、みんなが立ち上がる。他の図書委員たちは、和やかに会話をしながら会議机を離れていった。水越先輩が議題の話をしているとき、わたしたちは緊張感に身を包まれているけれど、そうでないときなら、この図書委員会は比較的和やかな場所だった。とはいえ、わたしは困惑した心持ちで椅子に腰掛けたままだった。どうしよう。質問したいことがあったのだけれど、水越先輩に声をかけるのに気後れして、機会を逃してしまっていた。

と――。

「成瀬さん」プリントを纏めていた水越先輩と視線が合って、彼女の方から声をかけてくる。「なに？」

「え、あ、その……」

「なにか言いたそうな顔してる」

「えっと」どんな顔をしていたのか、と不思議に思ってしまった。「その、質問があって」

水越先輩は黙った。チタンフレームの眼鏡の奥から、じろりとした眼でわたしの質問を促してくる。いいから、さっさと話せ、と無言で責められているみたいだった。

「あの……。推薦図書ですけれど、その、ライトノベル……、でも、大丈夫ですか」

「ライトノベル？」

まるでおかしな質問でも耳にしたふうに、水越先輩は眉を顰《ひそ》めた。

「成瀬さん、そういうの読むの」

「えっと、はい……」

何故か責められているような気持ちになり、肩が小さくなる。

水越先輩は、柚木先生に眼を向けた。

「ライトノベルは大丈夫ですか」

お淑《しと》やかな印象の柚木先生は、問われて、首を傾げる。

「わたしは構わないけれど……。えっと、でも、あとで藤堂先生に確認してみましょう」

柚木先生は学校司書で、藤堂先生は司書教諭だ。基本的に、図書委員の顧問は藤堂先生ということになっているけれど、今日のような会議には不在のことが多い。学校司書と司書教諭の違いについてはよくわからないけれど、この学校において、力を持っているのは藤堂先生の方らしい。

「そういうわけだから」

「はい。ありがとうございます」

わたしは立ち上がって、お辞儀をする。

「成瀬さんって、文芸部だったよね」

「はい。あれ、話しましたっけ……」

先輩は、前髪を留めているブラウンのヘアピンに手を伸ばした。

「けっこう前に、千谷たちと、バドミントンしてなかった？　それ、見てたから」

「あ、はい」

それは、わたしが文芸部に入部してすぐの頃だった。小余綾先輩が書いているという作品の取材で、バドミントンをしたことがあるのだ。

「推薦図書、ライトノベルじゃないとだめなの？」

「え……？」

「なんで、ライトノベル読んでるの？」

なんで？

突然、そんなことを問われて、頭が真っ白になってしまった。

眼鏡の奥の双眸《そうぼう》が、鋭くわたしという存在を射貫いていく。

「それって……、どういう、意味ですか」

「別に深い意味はないけど。なんで、小説を読んでるのかなってこと」

答えられずにいると、先輩は机でプリントの端を整えながら言葉を続けた。

「あんまり、みんなの前で言わない方がいいよ」

「えっと……」

「さっきの浅川さんじゃないけれど。漫画とか、ライトノベルだとかさ。うちら、高校の図書委員なんだから」

そう告げるなり、プリントを抱えて、水越先輩は会議机を離れていく。

わたしは彼女の言葉の意味を考えて、暫くの間、唖然としてしまっていた。

＊

もう続きは書かないかもしれない。

小余綾は、雛子にそう告げたという。

それにも拘わらず、小余綾は僕になんの相談も持ちかけてこなかった。彼女はいつものように授業に出席し、放課後はときおり文芸部に顔を見せるという毎日だった。部活動の間、小余綾詩凪はまるで部長たる九ノ里正樹《くのりまさき》のように、持ち込んだ文庫本に眼を落として黙々と読書をしている。これは取り立てて珍しいことではない。成瀬さんが顔を出すときは彼女の質問に答えたりするし、いつものように僕の意見を極論だと言って大声で否定してくる。プロット製作に悩んでいるようには、まるで見えない。

彼女と僕は教室では席が隣同士だが、僕らはまるで他人同士のように振る舞っている。何人かは、僕らが同じ文芸部員だと知っているのかもしれないが、僕のような根暗な男子生徒と小余綾のような話題の美少女とでは、住む世界が違いすぎるというものだろう。教室で話しかけないでほしいという当初の取り決め通り、僕が小余綾に声をかけたりすることはない。だから、これまで僕は努めて隣の席に座る彼女の姿を意識しないように振る舞ってきた。たとえ彼女が通る度、心地よい薫りが鼻先を掠めたり、友人たちに囲まれてくすくすと笑う綺麗な声が耳に届いたりしても、そちらを見ないよう努力した。ときおり視界に入る彼女の笑顔の引力は凄《すさ》まじく、視線を引き剝がすのには労力が伴う。

しかし、雛子にあんな話を聞かされたあとでは、どうしても視線で彼女のことを追いかけてしまう。小余綾はどうしてあんなことを言ったのだろう。彼女は熱心に授業を聞いていたり、楽しそうに友達と話をしていたりするばかりで、取り立てて悩んでいるふうには見えないのだから。

なんというか、やきもきする。

放課後、そんな思いを振り切るため、こうして部室に籠もって、どれくらいの時間が過ぎただろう。

曾我部さんに提案された、完全新作の小説を書き上げること。

今は、そのためのプロット構築に挑戦しているのだが、何日も頭を捻《ひね》って思い浮かぶのは、とても陳腐で退屈な物語ばかりだ。小余綾のことを考えないよう、集中してプロットを書き出すようにしてはいるのだが、どうにもうまくいかない。

喧《やかま》しいな、と感じていたはずの吹奏楽部のパート演奏は、いつの間にかやんでいた。顔を上げれば、部長である九ノ里が、片隅の席で微動だにせず文庫本を読み耽っている。

「溜息ばかりだな」

デリートキーを何度叩いただろう。重い溜息を吐きだした頃に、九ノ里が言った。

「悪い。うるさかったか」

「いや、どちらかといえば、キーボードの打鍵の方が耳につく」

九ノ里は表情を変えずに言った。彼は表情差分が用意されていないゲームのキャラクターみたいに、あまり感情を顔に出さない。しかし、声はどこかしら笑っていた。

「けれど、その音は俺にとっては喜ばしい音だ。気にしないで続けてくれ」

僕は眼をしばたたかせた。

「君って、けっこう気持ち悪いこと言うよな」

「そうか?」

九ノ里は首を傾げた。

僕は半年間、小説を書いていない時期があった。

書かなかったのではない。書けなかったのだ。

それは今でも変わらない。僕がこの夏に書き上げた小説は、自分一人の作品ではなく、不動詩凪と共に創り出した作品なのだから。僕はまだ、自分のための小説を書き上げることができていない——。

「今はなんの仕事をしている? 合作のやつか」

「いや、今やってるのは自分の作品だ。でも、やっぱりだめだな。どうしてもうまいアイデアが出てこないし、無理に冒頭を書いても駄文しか生まれない」

中途半端な作品では、だめだ。僕が充分に満足して、これは面白いのだと胸を張って言えるもの。それですら、まったく売れず、酷評されて物語は潰《つい》えた。少なくとも、それを超える作品を書かなくては、また同じ事の繰り返しになってしまう。

かぶりを振ってパソコンに目を落とす。けれど、一度途切れた集中力というものは、すぐには復活してくれないものだ。なかなかやる気が湧き上がらない。そうこうしている間に、九ノ里が立ち上がった。彼は少し席を外すと告げて、部室を出て行ってしまう。

どうしたものかと、手持ちぶさたになった僕は、ポケットから携帯電話を取りだした。連絡ができないと不便でたまらないと小余綾に言われ、なんとか回線を復活させたスマートフォンだ。そのブラウザに目を向けて、焦れったい気分で検索画面を睨んでいた。

暫く悩んだあとで、検索フォームに一つの名前を打ち込んでいく。

帆舞こまに。

発売してから、既に十日以上。

そろそろ、この作品を読み終えた人たちの、なんらかの反応を見られる頃だった。

検索結果をスクロールさせ、少ない一覧の中にある、読書感想サイトのページを見つける。暫く、そのリンクを押すべきか否か、悶々《もんもん》と葛藤していた。

見てはいけない。見てはいけないのは、わかっているのだ。

けれど……。

「なにしてるの？」

突然、耳元に心地良い声音が届いた。肩のすぐ近くにある気配は、甘いシャンプーの薫りを発している。僕は悲鳴を上げて仰《の》け反《ぞ》っていた。スマートフォンが手から零《こぼ》れ落《お》ちそうになり、なんとか摑《つか》み取《と》る。

「び、びっくりするじゃないか！」

僕はスマートフォンの画面をかばうように隠しながら、抗議の声を上げた。

唐突に現れた彼女――、小余綾詩凪は、長い髪を片手で払うと、その可憐《かれん》な貌《かお》にどこかしら意地の悪い笑みを浮かべた。高慢そうに顎を持ち上げて、納得したように告げる。

「ああ、いやらしい写真でも見ていたの？」

「ばっ、ち、違いますよ！」

「なによ。どういうのが好みなわけ？　笑ってあげるから、見せてみなさいよ」

携帯を寄越せと言わんばかりに片手を差し出し、そう言ってくる。と、彼女は急になにかに気がついたのか、はっと身を護るように自分の肩を抱いた。

「もしかして、わたしの写真じゃないでしょうね。うっわ気持ち悪い」

「誰がそんなものを保存するか！」

ちょっと自己評価が高すぎないですかね？

「冗談よ」小余綾はあっけらかんと肩を竦《すく》めて言う。「わたしたちの名前が見えたけれど」

「う――」

「ああ、なるほど」小余綾はすぐに気がついたらしい。溜息を漏らしながら言った。「読んでくれた人の声が気になったんでしょう。まったく、あなたも懲りないわね」

「しょ、しょうがないだろう。二人で小説を書くなんて初めてだったし、これまでとは違う名前で出してるわけで、どんなふうに受け止められるのか、まったく初めてになるわけだからさ……。楽しんでくれる人が、いればいいなって……」

しどろもどろになりながら、言い訳染みたことを言う。

けれど、それは本心なのだ。これは、ただの好奇心ではない。

僕らの仕事において、基本的に読者の人たちというものは、透明な存在である。

ファミリーレストランなどでバイトをしていると、直接的ではないもののお客さんたちの反応を見ることができる。料理を食べて満足そうな表情をしている人たち、新人の拙い対応に戸惑った顔を浮かべる人、あるいは些細なことでクレームを入れてくる人たちなど、仕事の結果を直《じか》に見ることができる。対して作家の仕事は、こちらから覗きに行かなくては読者の反応がなに一つ見えない。かつては頻繁にファンレターが送られてくる時代というものがあったらしいが、現代においてそういう反応は稀だという。僕が親しくさせてもらっている先輩作家の春日井啓さんは、一年に一通か、二通あれば良い方だと言っていた。もちろん、僕はファンレターなんてもらったことは一度もない。また、出版社が本の売れ行きなどを作家に報告することもあまりない。つまり、読者が自分の仕事に満足してくれているのかしていないのか、覗きに行かない限りはなにもわからないのだ。

いくつもの苦難があった。たくさんの挫折があった。

それでもと、僕たちは歯を食いしばったのだ。

僕は、帆舞こまにが送り出した作品が、はたしてみんなに喜んでもらえたのかどうか、その結果が気になって仕方がない。

小余綾は、どうなのだろう？

「仕方ないわね」

僕を見下ろしていた小余綾は、やがて諦めたように告げた。

「それじゃ、わたしも一緒に見てあげる」

彼女はそう言いながら、僕の傍らのパイプ椅子に腰掛けた。

僕は暫《しば》し、彼女がそんなふうに言ったのを意外に思って、きょとんとしていた。彼女は読者の感想に目を向けたりしないのではないかと、そう考えていたからだ。

「それで見られないの？」

「あ、いや」彼女が示したのは、僕のノートパソコンだ。リンゴ印の優れたヤツである。

「ネットには繋がってないから」

「ふぅん。じゃ、スマホでいいわ。ほら、気になるなら、さっさとすましちゃいましょう」

「お、おう」

僕はスマートフォンを構えた。すると、小余綾が画面を覗き込むべく身を寄せてくる。肩の辺りに、彼女の吐息を感じた。久しぶりの感覚だった。僕たちが小説を執筆していたあの日々の中、キーボードを叩いて画面上に物語が綴られていく様子を、彼女はこんなふうに覗き込んでいたからだった。

　相変わらず、良い匂いがして困る。

「なに、もしかして緊張してるわけ？」

　真っ暗の画面を睨んだまま固まっている僕を不審に思ってか、小余綾が言った。

「な、なにを仰いますか小余綾さん」別の理由で緊張しているけれどな。僕はそれをごまかすために早口で言った。「それにしても意外だな。君が読者の感想を見たがるなんてさ」

「そりゃね。わたしだって、自分の作品の評価は気になるわよ。気にならない作家なんて、どこにもいないんじゃない？」

　まぁ、そうかもしれない。読者の人たちは、まさかこんなふうに作家が自分の作品の評価を探そうとしているなんて、想像もしていないかもしれない。

「よし、じゃあ、見るぞ」

　僕はスマートフォンのロックを解除し、ブラウザの画面を再び立ち上げた。

　感想サイトに表示された、僕たちの作品のページ。

「いい表紙だよな」

　そこにはタイトルと、僕たちの名前と、そして物語を鮮やかに表現した美しいイラストが添えられている。

「そうね。とてもすてき」

うっとりと見とれているような、そんな吐息を漏らして、小余綾が言った。

僕たちの物語を彩ってくれたのは、まだ数冊ほどの小説にしか絵を提供していない、新人のイラストレーターさんだった。

あの夏の日、僕たちは担当編集者である河埜《こうの》さんと共に、出版社の会議室に引きこもり、僕たちの作品の表紙をどうするべきか、ああでもないこうでもないと長時間にわたって議論をした。残された時間はほとんどなかった。ポートフォリオやウェブサイトを眺めながら、イメージに合う絵を描いてくれる人を延々と探し出し、最終的には河埜さんが一人のイラストレーターさんに目を留めた。僕も小余綾も、一目見て納得する画風を持った人だった。短い期間だったのにも拘わらず、快く引き受けてくださり、お願いしてから一週間も経《た》たずに色鮮やかなイラストが上がってきた。完成絵だと思ったが、ラフだという。凄まじい速度と完成度で、僕も小余綾も呆気《あっけ》にとられてしまうくらいだった。きっとこの人は、将来的に大活躍するに違いない。

他にも多くの人の協力があって、一冊の本が出来上がった。時間が足りない上に二人の著者がチェックする必要があったということもあり、校正さんたちも大変だったろう。致命的な誤字や時間軸の誤りを指摘されたときは、僕も小余綾も、よくこんなところに気づいたなと思いながら慌てて修正に取りかかった。装幀を手掛けたデザイナーさんは、表紙イラストの見栄えを損なわないよう、それでいてタイトルを綺麗に彩ってくれた。細やかな点にまでフォントを調整したのだろう。最初に上がってきたデザインラフと、最終的なデザインを見比べると、見逃してしまいがちな隅々にまで調整が入っているのがよくわかる。きっと、こういった些細な箇所のこだわりが積もって、全体の美しさが活《い》きるのだろう。本当に、プロの仕事だと思う。他にも、きっと僕たちの知らない多くの人たちの努力がこの一冊の本を作り上げたのだ。

「よし……。行くぞ。まずは最初の一件だ」

ごくりと生唾を呑《の》み込《こ》んで、画面をゆっくりとスクロールさせる。

辿《たど》り着《つ》いた最初のコメントに、僕と小余綾は目を通した。

『読了。192冊目』

簡潔に書かれたそのコメントを、僕は十秒ほど時間をかけて読み返した。

あまりにも、簡潔である。簡潔すぎて、感想ではなかった。

小余綾が、鼻を鳴らした。笑ったのかもしれない。

「ま、まぁ、ほら！　感想以外のことを書いちゃいけないルールはないからな！」

僕は萎えた気持ちを奮い立たせるべく声を上げる。

小余綾はくすくすと声を漏らした。

「192冊って、今年の読書数かしら。結構な読書家さんね」

小余綾は笑っているが、僕は少しばかり歯痒《はがゆ》い思いだった。

せっかく読んでもらえたのに、読了という言葉しか引き出せなかったのだ。本当に面白いものを読んだときは、心が興奮し様々な言葉が溢れ出すはずじゃないだろうか――。

「自分の作品に魅力が足りなかったから、だなんて思ってる？」

僕の心を見透したように、小余綾が言った。

「たまたま、この人は記録をとるのに徹しているだけなのかもしれないわ。それに、本を読んで作品を面白いと思った人たち全員が、その感動と興奮を言葉に出せるわけじゃないでしょう。感想を書くのが苦手な人だってたくさんいるんだから、あなたが自分の実力不足だなんて思う必要、ぜんぜんないわよ」

「お、おう……。そりゃ、わかってるさ」

もっともな言葉だった。彼女は僕の心理を見透すだけではなく、読者の心理だってよく考えている。そういうところが多くの人たちの共感を呼ぶ作風をかたち作っているのかもしれない。対して僕は、自分に限定したときにだけ感受性が強すぎる。自分が傷ついてばかりで、相手のことまで考えられない。

「わたしたちの作品を読んでくれた証なのよ。感謝しなきゃ」

「そうだな」

この人が、僕たちの作品を読んでどう感じたのかはわからない。

それでも、僕たちの作品を読んでくれた人がいる、その事実は僕の心を震わせた。僕たちの作品は世界に飛び出したのだ。確かに、これはその証だった。

「よし、気を取り直して次だ」

僕は、更に画面をスクロールさせる。

『初読み作家さん。うーん、なんか主人公が繊細すぎて苛立つだけで、行動理念もわからず感情移入ができない。改行なくて文章も読みづらいし、半分ほど読んだけど断念です』

暫く、息が止まっていた。

これまで、河埜さんや雛子、九ノ里といった身の回りの人たちからは感想を耳にしてきた。けれど、これはまったくの第三者、本当の意味での読者からの、初めての感想と言えるものだ。

僕の責任かもしれない。小余綾が創造した主人公を魅力的に表現できず、行動理念がわからないとまで言われてしまった。そしてなにより、半分ほどで挫折させてしまうほど退屈な文章を長々と書いたのは僕なのだ。

そっと唇を噛んだ。小余綾は、どう感じただろう。僕は怖々と小余綾に目を向けた。彼女は僕の身体に身を寄せたまま、スマートフォンの画面をじっと見ていた。それから目を伏せると、パイプ椅子の背もたれに身を任せた。

「うーん、なるほどね。まぁ、そういう反応もあるわよ」

彼女は思いのほか、あっけらかんと言った。

「いや、でも、これは僕の実力不足が――」

「あなたねぇ」小余綾は大きく溜息を漏らした。「いちいちこういうので凹んでいたらキリがないわよ。まぁ、そうね、あなたの文章って、確かに密度が濃いから、人によっては読み辛《づら》いと感じるかもしれないわね。でも、それは技術の良《よ》し悪《あ》しじゃないと思う」

「なら……。なんなんだよ」

「文章って、呼吸なのよ。誰にでも等しい印象で読めるものがあるのだとしたら、それは究極の無個性だと思う。人間の呼吸のリズムって人それぞれなんだから、身体に合う合わないが出てくるのって当然じゃない」

「そうかも、しれないけれど……」

「自分の身体に合わない文章は、どうしたって読み辛く感じるし、下手だと思うかもしれない。でも、技術的な面で言えば、あなたの文章ってとても綺麗で読みやすいと思うわよ」

「だとしても……」僕は俯き、胸の中のわだかまりを整理するように話す。「主人公のこと、理解してもらえなかったのは、悔しいよ」

「わたしは、凄く丁寧に表現されてると思う。でも、悲しいけれど、たとえフィクションを通したって、人間って他人のことをすべて理解できないものなのよ。完全に理解できるのは自分と近しい境遇の人だけなのかもしれない。自分にとって異質な人のことは、フィクションの中の人物であっても、やっぱり異質なのだわ」

「そう、かなぁ」

小余綾の言うことも、理解できる。

理解できるが、納得しきれない部分もあった。

彼女の言葉は、僕に落ち度がないことを、様々な言い訳を駆使して証明しようとしているように感じたからかもしれない。

「他人を理解しようとするのって、とても労力が要ることよ。それに、文章を読み解いて、行間に想像を膨らませるのって、わたしたちにとっては楽しい行為でも、すべての人にとってはそうじゃない。わたしたちの作品は、もしかすると読み解くのに時間がかかるのかもしれないわ。わたしたちがどんなに時間をかけて作り上げても、読む人にとって作品は一瞬で消費されてしまうもの。月に何十冊も本を読む人だったら、さっさと切り上げて別の作品を読みたいって気持ちも、わからなくもない」

「そういう、ものかな」

彼女の言葉に納得できず、僕は書かれた感想に目を落とした。

作品の欠点や欠落を棚に上げて、自分は正しい、間違っていないのだと、そう主張しているようにも聞こえてしまう。

「物語の世界に入ってもらうためには、読み手の協力が必要不可欠なのよ。けれど、時間と労力をかけてまで一冊の本に向き合ってくれる人は、今の時代にそう多くはないのよ」

彼女は額にかかる髪を薬指で払い、息を吐く。

「誰が悪いものでもない。ただ、合わなかっただけ。よくあることよ」

僕は、それこそこの問題を棚上げするよう、かぶりを振った。次の感想に目を通すべく、画面をスクロールさせる。小余綾が身を乗り出してきた。

『全体的に薄い印象。屑としか思えない主人公の言動に苛立ちばかりが募り、物語としてどこを楽しんだらいいかまるでわからない。久しぶりにハズレを引いた。新人作家のようだが才能があるとは思えず、これを新レーベルに持ってくる編集者の能力を疑う。作者の狙いもわからず、わざわざ購入する価値はない作品だ』


身体の奥が凍るような思いがした。鼻から吐きだした息が、震えている。

これでも、小余綾は僕が間違っていないと、そう言うのだろうか。

恐る恐ると、小余綾を見る——。と、彼女は俯いていた。

スカートの上に載せられた、拳がふるふると震えている。

「ええと、小余綾、さん……?」

「この……。ふざけんじゃ、ないわよっ！」

がたんと音を立て、椅子をひっくり返す勢いで彼女は立ち上がった。

え、なんで急に怒り出したのこの人。僕は唖然と彼女を見上げる。

小余綾は拳を振り上げて叫んだ。

「全体的に薄い？　屑としか思えない？　そう感じたのならそうなんでしょうね！　ぜん
ぜん構わないわよ！　わかろうとしない人に理解できるものですか！　ええ、ええ、作品
がつまらないって感想はまったく結構よ！　けれど、なんなわけ？　どうしてこの人にわ
たしたちの才能や河埜さんの仕事を批判されないといけないわけ！」

　怒っているの、そこかよ――。

　さっきまで読者の辛辣な言葉を平然と受け流していた彼女にも、竜の逆鱗《げきりん》というものが
あるらしい。それは、作品ではなく個人を攻撃されたときなのだろう。

「だいたい、なんなのよ、才能と能力を疑う？　わたしに言わせれば、そんなことを平気
で書けてしまえるあなたの感受性を疑うわよ！　ええ、そんな図太い神経をお持ちの人に
は、このお話は楽しめないでしょうとも！」

　作品は、批判の対象となるべきものだ。でも、ときおり僕たちは才能や人格まで批判に
晒《さら》されることがある。こいつを受賞させたのは間違いだとか、担当編集者を辞めさせろだ
とか、作者の人格や人生経験に疑問があるだとか、そういうことまで書かれるのだ。も
う、ただの悪口としか思えないことも含めて。

　とくに小余綾の場合、その経験は大きいはずだった。

「作者の狙いがわからないですって？　少なくとも、あなたみたいな人に向けて書いたも
のじゃないわよ！　読書っていうのはね、鏡と向き合う行為なのよ！　作品を読んでなに
も感じられないのは、その人の感受性がカラッカラに乾いている証拠だわ！　表層的な部

分しか読むことのできない努力と感性しか持たないくせに、作品の価値を決めつけたりして、本当に片腹痛いわね！」

小余綾詩凪の憤激は留まらず、とうとう読者の感性に反撃しはじめてしまった。

「君も、そんなふうに怒るんだな……」

僕は未《いま》だに、唖然としたままで彼女を見上げていた。じろりと、小余綾に睨まれる。

「なによ。わたしだって聖人君子じゃないのよ。こういうの、腹立たしくならない？　自分の感性が絶対的に正しくて、自分が退屈だと感じたものは誰が見ても等しくつまらない作品であるべきだって、そういう考えが透けて見えてくる。思いやりと想像力の欠如を自白しているようなものじゃない。そんな人にわたしたちの物語が理解できるわけないでしょう」

「まぁ、そうかも、しれないけれど……」

そういう感想は、確かに多い。この、自分の感性が絶対だと信じられるその図太さは、僕には無縁で理解できないものだ。その傲慢な心に、僕たちの筆が綴る繊細な人物を理解してもらえるだろうかと考えると、疑問に感じてしまう。どんなに人を思《おも》い遣《や》る大切さを物語で書《か》き綴《つづ》っても、登場人物のことを屑だと書く人もいる。そんな感受性を持つ人には、確かに伝わらないのかもしれない。人は自分とは異質なものを理解しようとしない。そんな人が存在するということを想像もできないのだ。才能と能力を疑い、作品を駄作と決めつけたところで、自分とはまるで違う感性がこの世にあって、その感性を持つ人にとっては、その作品が人生でかけ替えのない一冊になっているかもしれない可能性を、まるで考慮していない。

けれど、それは——。

奇妙な違和感があった。僕はその正体を摑もうと、視線を床に落とす。そう。心の中に抱いていた像と、食い合わないのだと気がついた。自分の中にある小余綾詩凪のイメージと、食い違っているような気がした。僕の中で想像する彼女なら、そんな言葉を口にしないだろうと漠然と考えていたのだ。彼女なら、きっとこう憤るだろう。あなたねぇ、読者の感性に責任をなすり付けるんじゃないわよ！　悔しかったら、どんな相手だって唸らせる作品を書いてみなさい！

物語の登場人物が言葉を発するときのように、僕の中の小余綾詩凪は、そんなふうに叫んでいる。だからこそ、目の前にいる正真正銘本物の小余綾詩凪という少女が、それとはまるで違う台詞を口にしたことに、僕は大きな違和感を憶《おぼ》えたのだった。

「ああ、すっきりした」彼女は椅子に腰を下ろして、ふうと吐息を漏らした。「それで、次は？」

「お、おう。ええと……。次は……」

慌てて気持ちを切り替えようとしながら、僕は画面をスクロールさせる。

しかし、画面はページのフッターを映し出すだけだった。

「い、今ので、最後っぽいです……」

僕はまじまじと画面を見つめ、指先で画面を何度もなぞった。しかし、いくらそうしたところで感想が増えてくれるわけではない。

「そう」小余綾は、やはり気にした様子もなく言った。「まぁ、よくあることよ。そのうち、わたしたちの作品を好きになってくれた人がきっと出てくる。あまり気にしない方がいいわよ」

「そう、かな」

対して、僕の方はそこまで前向きになれなかった。

小余綾は、人が人を理解することには労力と困難が伴うのだと言う。たとえ虚構の人物であっても、僕らは他者を理解することなど叶わないのだと。しかし、自分とはまるで違う人間の心理を優れた筆で描き、登場人物と読み手の一体化を促すことこそが、小説家の役割なのではないだろうか？　僕の筆はただ、その実力を持ち合わせていなかっただけなのではないだろうか？　僕の中の小余綾詩凪が、僕を罵るように――。

「もっと……、わかりやすいキャラクターを書けばよかったかな」

人間を描くことはパラドックスだ。リアリティを追求すればするほど、物語の中に確固たる人格が浮かび上がる。しかし、本物の人格に近付けば近付くほど、それは読者にとっての他人となり、理解が難しくなる。読み手に容易《たやす》く理解できるのは、テンプレートに落とし込まれ、属性のレッテルを貼られた、人間の書けていない作り物のキャラクターたちだ。誰の中にも物語は存在する。そう願う者もいるけれど、やはり主人公として望まれる人物というのは、存在するのだ。

僕の実力は至らなかった。それなら、わざわざ困難に挑戦する必要はない。リアリティなんて追求することなく、もっと普遍的、没個性的で、どんな人間でも共感できるような、作り物の人間を書いておけば――。

「そんな物語、誰の胸にも届かないわ」

小余綾は静かにそう告げて、立ち上がった。

部室の窓から射し込む茜色《あかねいろ》の陽を浴びて、彼女は言う。

「わたしは、人の心を動かす物語を創りたい」

人の心を動かす物語。

それは、僕らの始まりの言葉だった。

今みたいに夕陽に染まった狭苦しい室内で、成瀬秋乃という少女が願った言葉。

そして、それを否定した僕の元へ、不動詩凪が現れた。

物語には人の心を動かす力がある。

わたしがそれを証明してみせる。

「それは、言うなればきっと、歯車のようなものなのよ」

「歯車?」

唐突な言葉に、僕はやや面食らいながら彼女を見上げる。

小余綾は夕陽の眩しさに眼を細めていた。

彼女は小さく拳を握りながら、自らに言い聞かせるように、言葉を続けた。

「普遍的な物語は、確かに多くの人に理解してもらえるのかもしれない。けれど、それは心の上辺の部分をなぞるだけで、決して奥まで届かないわ。人の心を動かす物語は——、きっと、心の隙間にぴたりとはまる歯車なの。すべての鍵穴に合致する鍵のかたちなんて存在しないように、人の心もそれぞれ違うかたちを持っているのだもの。わたしは広く浅く届く物語より、たった一人でもいい、心の奥底にまで届く物語を創りたい。心にはまった歯車が、その人の生きる糧となって回り、これはわたしの物語だと、そう感じてもらえるような物語を——。ただいっとき読まれて忘れられるよりも、たった一人でもいい。心の欠けた箇所にぴたりとはまって、その人の人生にずっと寄り添えるような、その人とともにずっと生きられるような、そんな物語を創りたい」

僕は、小説のことを恥ずかしげもなくそう語るときの小余綾詩凪が好きだった。祈るように閉ざした瞼の静謐さと、誓いを立てるかのように囁く、優しくて透明な声が好きだった。

「人の心を動かす物語か……」

歯車は、たった一つのかたちにしかはまらない。

喩《たと》えるなら、それはこの世に一つの扉しか開けることのできない鍵を削り出すことだった。それは鍵穴の中で回ることなく拒まれて、いつか拉《ひしゃ》げてしまうこともあるのかもしれない。そんな危険性を孕《はら》んだ茨《いばら》の道を進むのは、美しく尊いことでもあるのだろう。

けれど、その一方で――。

やはり、これはただの言い訳、なんじゃないだろうか。大勢の人に拒絶された結果に対して、必死に自身を正当化しているようにも聞こえてしまう。誰だって自分の物語は、他とは違う特別なものだと考えたいだろう。きっと今回も、不動詩凪が自らの手で言葉を紡ぐことができていれば、こんなことにはならなかったのではないだろうか？　もしそうなのだとしたら、僕の綴る文章は彼女の物語に相応しいものなのだと、僕はそう胸を張って言い切れるだろうか――。

「ねぇ。そういえば、九ノ里君は？」

くるりと、彼女がこちらに向き直り、僕を見下ろす。

「え、ああ」不意に問われて、僕は戸口の方に視線を向ける。「いや、どこへ消えたんだか、さっきまでいたんだけれど……。もしかしたら、文化祭関係で用があるのかもしれないな」

「そうそう。その話をしようと思ったのよ」

「もしかして、部誌のことか？」

一応、僕らが所属しているのは文芸部だ。

毎年、この部では、文化祭で部員たちの短編小説などを纏めた部誌を作っている。文化祭まであと一ヵ月はあるが、もう一ヵ月しかないという見方もできるのだ。僕たちは、もし仕事に差し支えがなければ、部員として部誌に短編を寄稿してもらえないだろうかと九ノ里に頼まれているのだった。

「君はどうするつもりなんだ？　そのう……。つまり、書けるのか？」

小余綾は困ったように眉根を寄せて、静かにかぶりを振った。

「できれば協力してあげたいの。でも……、やっぱり、今のわたしには、まだ難しいから」

「そうか」

小余綾は、申し訳なさそうな表情を浮かべていた。そのことを断るためだけに、わざわざこんな時間に部室へ顔を出したのだろうか。僕は俯き、唇を開いた。なんなら、『帆舞こまに』のように、僕が君の物語に文章を与えようか――。そんなことを言いたかったのかもしれない。けれど唐突に過ぎったのは、続きを書かないかもしれない、と小余綾が雛子に漏らしたという言葉だった。あまりにも普段と変わらない彼女の様子に流されるようにして、僕はその懸念を今の今まで忘れていたのだ。

思い出した途端、身体が急激に重くなるような錯覚を感じた。

「そういえばさ……、第三話のプロットは、どうなってる？」

言葉を、どうにかして振り絞る。

「え？　ああ、うん……。そうね。もちろん、進めては、いるけれど……」

それは、どうにもはっきりしない返答だった。おまけに視線を背けられてしまう。

人の心を動かす物語を創りたい。そう告げた先ほどの決意が嘘《うそ》みたいに、彼女は急にしおらしくなって、不安そうに自らの腕を抱いていた。

「なんだよ。苦戦してるのか？」

「ええ、まぁ、そうね……」

小余綾は僕を見ないまま、上の空といった様子だ。明らかにおかしい。

「大丈夫か？」

「ちょっと、いろいろプライベートが忙しいだけ。いざとなったら、相談するわ」ようやく僕の方を見て彼女が答える。「わたし、今日中に読んでおきたい本があるのよ。そこで読書に集中してるから、あなたはさっさと自分の仕事を進めてて。人の眼があった方が、集中できるでしょう？」

「お、おう」

まるで、この話題は避けたいと言いたげに、小余綾は彼女がいつも座る席へと向かう。

僕は、やや呆気にとられて彼女の背中を見ていた。そう言われてしまえば、もう話しかけることが躊躇《ためら》われてしまう。

もう続きは書かないかもしれない。

その言葉は、やはり雛子の勘違いでも、聞き間違いでもないのかもしれない。

僕は、手にしていた携帯電話を見下ろして考えた。

そうだとしたら、その原因は——。

＊

委員会のあと、訪れた部室は珍しく静かだった。たいていの場合、千谷先輩と小余綾先輩が言い争う声が廊下まで響いてくるのだけれど、今日のところは意見の食い違いがまだ訪れていないみたいだ。珍しく、九ノ里先輩の姿も見えない。千谷先輩はノートパソコンで作品を書いているらしく、小余綾先輩は読書に集中しているようだった。あまり邪魔をしてはいけないだろう。二人と簡単に挨拶を交わしてから、いつもの席に腰を下ろし、ノートを広げる。

文化祭に向けて、わたしも部誌に短編を書こうと思っているのだけれど、まだなにも思いついていない。その相談をしたかったのだけれど、もう少し一人で考えてみるべきだろう。

書きたい物語のイメージを散文的にノートに綴りながら、心の中を支配していく靄《もや》のようなものが、わたしの作業を乱していくのを感じる。

この靄の正体には、見当がついていた。さっき、水越先輩に言われた言葉を、わたしは気にしているらしかった。どうしてライトノベルでないとだめなのか？　その質問にどんな意図が込められていたのかはわからないけれど、感受できるものはあった。

あのとき、浅川さんの質問に対して発生した、奇妙な空気から受けたものとそれは同じだった。あまりにも些細なもので、彼女自身は気づかなかったかもしれないし、わたしの考えすぎなのかもしれない。

馬鹿にされたような、気がしたのだ。

漫画やライトノベルを推薦するという行為を、鼻で笑われたような思いだった。気のせいなのかもしれないけれど、水越先輩の問いかけの意味を考えると、どうしてもそこに行き着いてしまう。けれど、だからといって、苛立ちが湧き出るばかりで、どんなふうに反論したらいいのかわからない。それが、なんだか悔しかった。

いけない。完全に作業が止まってしまっている。

顔を上げると、千谷先輩はノートパソコンに向かって難しい顔をしていた。前に会ったとき、なにを書いているんですかと訊ねたら、文化祭で作る部誌に寄稿するための短編小説だという。その原稿に行き詰まっているのだろうか、ときおりキーボードを叩く手を止めて、窺《うかが》うような眼で、小余綾先輩のことを盗み見ていた。それはどこか彼女を恐れるような、奇妙な眼差しだった。

その小余綾先輩はというと、彼の視線に気づかず黙々と文庫本に眼を落としていた。書店のカバーがかかっていたので、どんな本を読んでいるのかはわからない。彼女は普段、いったいどんな本を読むのだろう。小余綾詩凪という人について、わたしが知っていることはほとんどない。彼女のことを観察すれば観察するほど、どうしてこの人は物語を必要とするのだろうと、ただただ不思議に思うことの繰り返しだ。

彼女はどうして読書をするのだろう？　どんな物語を、どんな理由で綴るのだろう？　少女漫画の登場人物のように美しい人だった。文庫に注がれる眼差しを飾る睫毛《まつげ》は長く、夕陽の光を浴びて輝いているようにすら見える。長い黒髪は驚くほどに艶《つや》めいていて、指で梳《す》いたらどんな感触なのだろうと憧れてしまう。こんな人が同じ世界に存在しているのかと衝撃を受けるほどに、わたしにとって彼女は別世界の住人だった。そんな人が、どうしてこんな狭い部室に通い詰めて、虚構の物語に身を浸らせるのだろう。わざわざ物語を求める必要もなく、彼女は物語の中の人だった。映画やドラマのような日常が彼女の世界を彩っていても、そこに不思議なんてなにもない。

ただ一つわたしが知っているのは、彼女が熱烈に小説を愛しているということだ。そのせいで、意見の食い違う千谷先輩と大喧嘩《げんか》を繰り返している。小説のことを愛しげに語る彼女の眼は優しく、言葉と共に零れる吐息はどこか色っぽくて、わたしですらどきどきしそうになる。対して、千谷先輩と言い争うときの彼女はまるで別人のようだ。肩を怒らせ、大きな眼を燃やすようにぎらぎらとさせながら、唾を飛ばす勢いで延々と言葉をまくし立てる。どちらの姿も、根本にある想いは、小説への愛だった。

そう。彼女は真中《まなか》さんに似ているのだ。

そんなことを、唐突に思った。

胸が、とたんに、ざわざわとし始める。

小説に注ぐ眼差し、小説について語る言葉、外見は似ていないのに、小余綾先輩の小説に対する姿勢は、わたしに真中葉子《ようこ》という友達を連想させた。

小余綾先輩は、どんな物語を書くのだろう。彼女が書いた話を読ませてもらったことは一度もない。それでも、小説のことを語る彼女の姿を見ていると、きっと美しい物語を書くのだろうと、そう不思議と納得できてしまうのだ。彼女の綴る物語は、真中さんの物語にも似ているのだろうか？　そうなのだとしたら、小余綾先輩が読んできた物語は、真中さんが読んできた物語と同じなのかもしれない。もし、二人の人物が同じ本を読んで、同じような感性を育ませてきたのなら、二人の魂は僅かにでも似通ったものになるのかもしれなかった。思わず、そんな妄想を抱いた。

小余綾先輩を見ていると、ときどき胸が苦しくなるのは、きっとそのせい。

今はもういない友達。

わたしがこの手で見捨てた友達。

取り返しのつかない、わたしの思い出――。

「どうしたの？」

顔を上げた小余綾先輩と、眼が合った。

じっと見ていたせいか、彼女は不思議そうに大きな眼を瞬《またた》き、首を傾げる。

「いえ、その……、なんでもありません」

「そう？」

わたしは苦笑を浮かべ、余白ばかりのノートに眼を落とした。

書くべき小説は、まだなにも思いついていない。

＊

「ねぇねぇ、詩凪ってば、見られてるよ」

ある日の休み時間の最中だった。僕は相変わらず小余綾詩凪を密《ひそ》かに観察する日々を送っていたのだが、めざとい彼女の友人にそれを察知されてしまったらしい。そしらぬ顔を作ったものの、女子たちの囁く声を耳が拾ってしまう。

「最近、ずっと見てるよね。ちょっときもいかも」

「仕方ないよ。詩凪、めっちゃ可愛いし、学校のアイドルだもの」

「一緒に廊下歩くだけで、けっこーな男子、振り返りますから」

「でも、千谷君はさ」

「見過ぎだし、身の程知れっていうか」

まったくもって、言いたい放題である。とはいえ、反論できる論拠が見つからないのもまた事実だった。彼女たちの言葉は正しい。確かに僕と小余綾とでは、住む世界が違いすぎるのだ。

もちろん、仕事の場でなら、僕は彼女のパートナーといえる存在だった。けれど、これから先はどうなのだろう？　僕は彼女の隣に立つのに相応しい結果を出すことができたと、そう胸を張って言えるだろうか？

あれから、小余綾が雛子に漏らしたという言葉の真意を自分なりに考えた。

僕になにも相談しないということは、僕に相談をしたくないということに等しい。

それなら、僕は『帆舞こまに』のパートナーとして相応しくないと、そう彼女に判断されたということなのだろう。その理由は、いくつか考えられた。

辿り着いた結論を思うと、胸が苦い気持ちでいっぱいになる。

たぶん、満足できる結果にならなかったから、なのではないだろうか。

僕らの作品は、二週間が経過しても重版する様子が見られない。件《くだん》のレーベルから同日発売した作品は、帆舞こまにの作品を含めて四つある。その内二つの作品には、数日で重版がかかったようだ。その二作品は不動詩凪の名前に並ぶほどの有名作家が手掛けており、献本された作品に眼を通した僕は、負けたかもしれないと項垂《うなだ》れてしまったくらいに面白いものだった。

小余綾が本の売り上げを気にするかどうかはわからない。そんなのは気にかけていないようにも見えるが、誰だって自分の作品は多くの人に届いてほしいと思うだろう。

小余綾が、もうこいつとは組めないと考えてしまっても、僕にはなにも言えない。その場合は、彼女だって僕に相談することはないだろう。もう書かないかもしれないと雛子に告げた理由は、きっとそれに違いなかった。

次の授業は英語表現だった。去年までの先生は、授業中は英語で話すことを生徒に徹底していたのだが、今年の先生はその辺りがとても緩く、苦手な僕にとってはありがたい。

隣に眼を向けると、熱心に先生の方に眼を向けている小余綾の横顔があった。ときおり教科書を確認するために、長い睫毛が伏せる。窓から射し込む光を背景にして、その伏し目がちの彼女の表情は美しく幻想的だった。見とれていると、眼を上げた小余綾が僕を見る。彼女は少し驚いたふうにまばたきを繰り返した。すぐに眉根を寄せて、なんなのよ、と唇のかたちが文句を訴えるように動く。僕はなんでもねぇよ、と念を発しながら慌てて俯いた。跳ねた胸の内側を抑えるように、息苦しいシャツの襟首に指を引っかける。

「では、小余綾さん」

「はい」

不意打ちのように先生に指名されて、小余綾は少し驚いたようだった。

「この英訳を、こちらで板書してもらえますか」

そのような意味のことを、英語で告げる。

小余綾は頷いて、静かに立ち上がった。

しかし、彼女は自身の机から、なかなか動き出そうとしない。

その奇妙な間に、教室の空気が僅かばかり変化するのを感じる。

「小余綾さん?」

動き出そうとしない彼女を見て先生が首を傾げる。日本語だ。

小余綾の表情は硬く、どこか苦しげだった。

まずいかもしれない。ざわざわと、お喋《しゃべ》り好きな女子が囁いている。

え、小余綾さん、これわからないの？　詩凪に限ってそれはないでしょ。それじゃ、どうしちゃったの？

その答えは、彼女の秘密にある。

小余綾詩凪は、文章が書けない。自分が把握するための記録は書けるが、他人に伝えることを念頭に文章を書こうとすると、嘔吐《おうと》感などの悪心《おしん》を伴って身体が固まってしまうことがある。つらそうな表情は、そのためだろう。

彼女の話では、担任教諭など一部の先生にはその事情を話してあるそうだが、中には把握できていない先生もいるのだろう。事情を鑑みると、あまり多くの人に話せることではない。

小余綾は唇を噛んで、顔を青ざめさせていた。このまま彼女が黙り込んでしまえば、不審に思った先生が代わりの生徒を指名するかもしれない。それはこの場を収める方法の一つかもしれないが、その結論に至るまでの僅かな時間ですら、彼女を苦しめてしまうことになる。

思いついたときには、挙手をしながら立ち上がっていた。

「先生、僕が答えます」

教室中の視線が集まるのを意識する。

先生は僕を見遣り、不思議そうに言った。

「ええと、小余綾さんにお願いしたんですが……」

「いえ、僕に答えさせてください。自信があるんです」

有無を言わせず、前に出る。英語は苦手なのであまり自信がないのだが、まったくわからないというほどではない。それでも、なるべく一つの間違いも犯さないよう、慎重に文法を組み立てて、黒板に解答を書き記していく。僕が間違えれば、正解を小余綾に書かせようとする可能性もないとは言い切れないのだから。

板書を終えると、先生が早口の英語でなにかを言った。拍手をくれる。正解らしい。

もちろん、教室のみんなが僕に対してそんなことをするはずがない。これが小余綾だったら、うっとりとした溜息と共に、流石は小余綾さんだね、などという声が聞こえていたかもしれない。対して、僕に向けられるのは嘲笑の囁きだった。

「なにあれ……。もしかして、いいところ見せようとしたとか」

「うわ、マジうける……」

「見せ場とっちゃうとか、むしろ逆効果でしょ……」

僕はなにも聞こえていないふりをしながら、満足げな表情を作って席へと引き返す。小余綾の方を見ないように努めたが、席が隣である以上、どうしても視界に入ってしまう。

心なしか、小余綾詩凪は、僕のことを睨んでいるふうに見えた。

＊

食堂という場所は、どうにも居心地悪く感じてしまう。

男子の低い笑い声はこの頭蓋を揺さぶるようだし、女子の耳を劈く歓声はそこに追い打ちをかけて、わたしに目眩を起こさせる。頭の中が、攪拌《かくはん》されてしまいそう。ついでに言うと、この場所の匂いも慣れそうにない。あらゆる食べ物の匂いが入り交じり、汗臭さと埃っぽさ、そして女の子たちの甘い薫りで混沌《こんとん》としている。まぁ、それは教室でお昼を食べるときもそう変わらないのだけれど。

わたしたちは食堂の片隅で昼食を摂《と》っていた。こういう場所、本当に慣れないなぁなんて思いながら、カレーライスを口へと運んでいく。

この騒々しさは、きっとわたしにとっては太陽の眩《まばゆ》さに等しいのだろう。楽しそうにはしゃぐ人たちを見ていると、なんだか圧倒されてしまう。どうして自分はここにいるんだろうなんて考えて、そして、どうしてみんなのように明るく振る舞えないのだろうと、ついつい溜息が零れる。

そんなことをぼんやりと考えていたせいで、いつの間にかリカたちの話題が切り替わっていることに遅れて気がついた。目の前の席のリカが、肩越しに後ろのテーブルの方を気にしている。ナナとユイちゃんも、そのテーブルにいる人物に眼をやって、ひそひそと噂《うわさ》話《ばなし》を囁いた。

「なにあれ、どこの女王様なの」

そう不機嫌そうに呟いたのは、リカだった。ひょっとすると、声を張り上げて当人の耳に入れようとしたのかもしれないけれど、この騒々しさの前では、その試みは失敗しただろう。

リカのすぐ後ろの席に、ある人物を含んだグループが腰を下ろしたのだった。

それは、わたしたちの学校では注目を集め続けている人だった。廊下を歩くだけで男子たちの視線を奪いとり、女子であろうと思わずうっとり溜息を零してしまうような、不思議な魅力を纏った上級生——。小余綾詩凪先輩だった。

友達と一緒に昼食を食べに来たのだろう。リカの眼には、小余綾先輩と彼女を囲む女の子たちの様子が、まるで家来を引き連れてやってきた女王様にでも見えたのかもしれない。

リカは肩越しに眼を向けないと先輩を見ることができなかったけれど、わたしからは先輩の表情をこっそりと窺うことができた。先輩は心なしか具合悪そうな表情を浮かべている。周囲の女の子たちは、そんな彼女を気遣っているように見えた。その様子は穿《うが》って見るなら、麗しの女王様のご機嫌を取ろうとする取り巻きに見えなくもないだろう。

ここのところ、リカは小余綾先輩を目のかたきにしている節がある。それはきっと、嫉妬からくるものなのだろう。わたしは、リカと同じ中学で三年という時間を過ごしている。リカは可愛いから、愛想さえよくしていれば、男女問わずに人気を集めてしまう魅力を持っていた。けれど小余綾先輩の持つ魅力というのは、なんというのか次元が違うのだ。リカというクラスで人気者の女の子の存在が、学校全体から見ればひどく霞《かす》んで見えてしまうくらいには。

「はぁ、マジ、絶対に負けたくない」

リカは小余綾先輩から眼を離すと、そう決意するように呻く。

「大丈夫だって。ウチら、めっちゃ頑張ってるじゃん」

ナナがそう同意の声を上げて、ユイちゃんが笑って頷く。

「そうそう。あたしたちの方が絶対イイよ。だって、浴衣《ゆかた》だよ？」

この秋に向け、リカの敵対心に更なる火を付けた出来事が起こっていた。

わたしたちの通うこの高校では、生徒たちの自主性が尊重されているという。部活動や体育祭といった行事に力が入れられており、中でも文化祭は豪華なことで有名らしい。文化祭を楽しむことこそ、この高校を選んだ第一目的だと、以前からそう嘯《うそぶ》いていたリカは、クラスの文化祭実行委員を買って出て、準備に勤《いそ》しんできた。

わたしたちの中学の文化祭はとても小規模なものだったから、飲食が絡んだ模擬店を出すことは叶わなかった。高校生になったのだから今度こそと、リカはクラスでなんらかの模擬店を出すことを企画していた。この学校でも飲食が絡んだ模擬店の審査は厳しく、出店できる団体の枠は限られている。そのため、ほとんどは上級生たちに持っていかれてしまうのだけれど、そこはリカの執念が凄まじかったのだろう。入念に企画書を作り込んで、何度も先生や生徒会にプレゼンを行ってきた。そうした努力が実り、ついに『夏祭りカフェ』なる出し物を出展することが正式に決まったのだ。

けれど、そこに辿り着くまでにはいくつもの妥協を乗り越えなくてはならなかった。第一に、リカの希望としては、『メイド喫茶』やら『コスプレ喫茶』といった、可愛いユニフォームを着ることのできる出し物をやりたかったらしいのだけれど、既に二年生のクラスが似たコンセプトの企画を出しており、上級生優先ということで却下されてしまった。第二の妥協は、食べ物の販売許可がとうとうもらえず、飲料の販売だけに限られてしまったという点だ。

そして、その似たコンセプトを出した二年生のクラスというのが、小余綾先輩のクラスなのだった。

どうやら、小余綾先輩の教室はメイド喫茶をするらしい。先輩のメイド服姿が見られるかもしれないと、一部の男子の間ではその噂で持ちきりになっていた。確かに彼女がそんなコスチューム姿になれば、かなりのインパクトを生むだろうとは予想できる。図書委員に写真部の女の子がいるのだけれど、その子ですら、噂を聞きつけて当日はシャッターチャンスを逃すまいと息巻いているくらい。その集客力は凄まじいものになるだろう。やるなら模擬店の優秀賞を狙いたいと奮闘しているリカからすれば、小余綾先輩は打倒すべき敵といえるのかもしれない。

「ほら、あんなすました顔しててもさ、やっぱり性格悪いじゃん」リカの肩に身を寄せて、ナナがそう囁いていた。「さっきからさ、男子の悪口ばっか言ってるよ。何様のつもりなんだか」

小余綾先輩のことだろう。先輩が男子の悪口を言うなんて想像がつかず、わたしは彼女の方に眼を向けて耳をすました。でも、うまく聞き取れなくて会話の断片しか聞こえない。小余綾先輩より、彼女の友人たちの声の方が耳についた。

「だってさ、千谷君、絶対詩凪に気があるよ」

「だからって、さっきのはありえないわぁ、空気読めなさすぎ」

「じろじろ見過ぎだものね、マジストーカー」

けらけらと、女の子たちが笑っていた。同意を求められた小余綾先輩は、困ったような表情で微笑《ほほえ》みながら、そっとかぶりを振った。

「千谷君は、わたしみたいなのはタイプじゃないと思う」

その言葉に、ええー、と意外そうな声を上げて彼女たちが騒ぎ始めた。

それから、どうだろう、と考えてしまった。千谷先輩の書く小説に出てくる女の子は、みんな大人しくて、物静かで、思慮深い……、まさしく小余綾先輩みたいな女性が多いと思う。先輩は、そのことを知らないのだろうか。

そんな会話は、やっぱりリカたちからすると、男を吟味する悪女として映ってしまうみたいだ。向こうのグループでは千谷先輩が悪く言われて、こちらでは小余綾先輩の悪口が交わされる。どうにもこうした空気は苦手で、知っている人の話となれば尚更《なおさら》だった。

ナナとユイちゃんに囁かれて、リカが笑う。いじわるな笑みだと思った。聞き取れなかったけれど、きっと汚い言葉を吐いたのだと思う。

こういうときのリカは、とても嫌いだと感じてしまう。どうして、自分がよく知りもしない人のことを、そんなふうに悪く言ったりできるのだろう。

明るくて可愛くて、わたしたちのことを牽引《けんいん》し行動してくれるリカが、わたしは好きだった。わたしみたいな退屈な人間と一緒に遊んでくれたり、誰よりも文化祭の準備に勤しんで努力できる彼女の行動力には憧れてしまう。あまりその優しさを表に出そうとしないけれど、見知らぬ他者に対して誰よりも親切なのは彼女だった。たとえば、わたしたちが電車の中、おしゃべりに夢中になっているときでも、いち早く妊婦さんに気づいて席を譲るのは彼女だ。お年寄りに道を訊ねられたとき、嫌な顔一つせずに丁寧に教えてあげられるのも彼女だった。

普段の彼女は、悪い子じゃない。

それなのに、こういうふうに敵と対するときの彼女は、別人みたいで、少し怖い。

以前、千谷先輩が話してくれたことを思い出した。

「登場人物にリアリティを持たせて描いたりしたらだめだ。たとえば、たいていの場合、どんな人間でも二面性ってものを持ってるもんだろう。自分自身だって、学校で喋るときと家で親と会話するとき、まったく人格が違うなぁって感じることがあるはずだ。でも、そういうのをフィクションで描いたりしたらだめだよ。たちまち読者から、キャラが定まってないとか、ブレてるとかって言われてしまう。読者っていうのは、本当の人間っていうものから眼を背けたい生き物なんだ。本物の人間なんて読みたくないんだよ。ここ、重要だからメモするといい」

もちろん、そのあとすぐ、千谷先輩は小余綾先輩との大喧嘩に発展してしまった。先輩のその主張が正しいかどうかはともかく、わたしはそのことを思い返しながら、こんなことを考えていた。たとえば、リカがわかりやすく悪い子だったら、わたしは彼女の側にいることがなかったのだろうか、だなんて――。

こういうとき、いつも連想するのは、わたしが裏切った、わたしの友達のこと。

封じ込めようと努めている思い出は、簡単に零れだしてしまう。

それは、わたしたちが中学生だった頃の話だ。

そのとき、リカと真中さんとの間に、どんなやりとりがあったのかはわからない。わたしが知ったときにはもう、教室という繋がり以外に接点の無かった二人が、既に対立していたのだった。なにに対してか逆上したリカは、真中さんの頬を打ったのだという。対して、真中さんはその仕打ちを受けて黙っているだけではなかった。彼女は巧妙でありながらも非情な手口でリカに反撃を企てた。後になってそれを知ったわたしには、真中さんがそんなことをしたというのが信じられず、大きな衝撃を受けた。それから二人の諍《いさか》いはエスカレートしていき、とうとうリカはしてはいけない行為に手を出した。

それは、わたしの目の前で行われたことだった。

わたしの胸を震わせ、わたしを魅了した物語。

それが綴られたノートを、教室のみんなで嗤いながら回し読みをする。言葉を汚し、才能を嘲り、登場人物たちを貶《おとし》めて、きゃあきゃあ黄色い声を上げながら、気持ち悪いものでも見たふうにはしゃぎ続けた。

そうして、ついにはそのノートが実験用器具の炎で燃やされていく間。

わたしは――。

「秋乃、どうしたの」

ぼうっとしていたせいだろう。

訝しげに眉を顰めて、リカがわたしの顔を覗き込んでくる。

わたしは、なんでもないよ、と微笑んで、かぶりを振った。

それから、あなたは憶えているだろうか、と心の中で言葉を口にする。

あなたがただの悪者だったらよかった。ただの憎むべき敵だったのなら、わたしはあなたの元を離れることができたのに。友達を裏切る真似なんて、しなくてもすんだかもしれないのに――。

続きを、読みたい物語があった。

けれど、それはもう、永遠に叶わない。

「あ、ねぇねぇ、放課後さ、ちょっと遊びに行かない?」

リカの提案にみんなが同意して楽しげに頷く中、わたしは俯いていた。予定は特にない。図書委員の仕事もないし、文芸部に行く予定もなかった。家の手伝いも、今日はする必要はないと思う。それでも、どうしてか、わたしはかぶりを振って彼女たちを拒絶してしまう。

「ごめん、わたし、家の手伝いがあるんだ」

一人になりたい。

孤独になって、物語の世界に身を埋めていたかった。

どうして、わたしは物語を読むのだろう。

唐突に過ぎったその疑問への答えは、よくわからなかったけれど。

今のわたしには物語が必要だと、ただ漠然とそう感じていた。

＊

放課後、部室の戸を開けた直後のことだった。

「ねぇ、いったいなんなのよ」

そんな第一声と共に、仁王立ちする小余綾詩凪の姿があった。

僕のことを待ち構えていたらしい。話題の美少女が自分を待ってくれているといえば聞こえがいいかもしれないが、腰に手を当てた横柄な態度と、顎先を上げてこちらを睨みつけてくる鋭い眼差しには、侮蔑と敵対の意思しか存在していないように見える。

「なんなのって、なんだよ」

僕はとぼけて知らぬふりをしながら、後ろ手に戸を閉めた。

相変わらず十月とは思えない真夏日は未だ続いており、空調の効かない部室は暑苦しい。それは小余綾も同じなのか、彼女は髪を白いシュシュで纏めていた。細い首筋を強調する姿だ、それをとても可愛らしいと感じて、僕は彼女から眼を背ける。

「あのねえ」彼女は呆《あき》れたように息をついて言う。「気づいていないと思ってるの？ このところずっと、教室でじろじろとわたしを見てるじゃないの。いったいなんなわけ？ いやらしい」

「べ、べつに見てねーよ」気取られていないと思っていたが、やはり女の子というのは他者の視線には鋭敏なのだろう。僕は走る動揺をごまかすみたいに早口で答える。「美少女作家様は、相変わらず自意識過剰なんじゃないか？」

「はぁ？ なんですって？」僕の言い方が癪《しゃく》に障ったのか、柳眉をつりあげて小余綾が一歩をこちらに踏み込んでくる。「それじゃ、さっきのはなんなのよ。なに、わたしのことを庇《かば》ったつもり？」

「だから勘違いするなって言ってるだろ」僕は彼女を無視して机に鞄を置く。「ちょっと自分で答えたくなっただけだ。僕が君を庇う？ まったく思い上がりも甚だしいな」

苛立ちが募る。以前から教室での接触を避けるように言われていたが、ああして君を手助けることすら、僕は拒まれなくてはならないのか。

「あらそう、それならついでに言わせてもらいますけれどね。いつも視線を向けてくる上に、あんな目立つ真似をして、みんながなんて噂をしてるか知ってるの？」

「は、噂？」

怪訝《けげん》に思い、彼女に眼を向けた。

彼女は相変わらず横柄な格好のまま、鼻を鳴らして言葉を続ける。

「千谷一也君は、小余綾詩凪さんに気があるんですって」

頬が、熱くなった。

それを悟られまいとして、鞄の中を確かめるふりをしながら、俯く。

そういうふうに噂われていることは知っていたが、小余綾自身の言葉で聞かされるだけで、どうしてこんなにも動揺してしまうのだろう。けれど、僕はそんな理由で君を助けたわけではないのだ。僕は――。

「さっきも、あなたがわたしにいいところを見せたかったゆえの行動だって、そう噂われていたのよ。フォローするこっちの身にもなりなさいよ。そんなくだらない勘違いされるような真似をして、なにが目的なの？　わたしに言いたいことがあるのなら――」

だとしたら、君は僕の身になって考えたことがあるのか――。

「それじゃ、なんだ。僕はなにもせずに黙っていればよかったのか」

僕はじろりと彼女に横目を向けて問う。

「それは……」小余綾は珍しく言葉に詰まった。己を抱くように腕を組んで、身体の側面を見せながら言う。「ええ、そうよ。あれくらい、自分でなんとかできるもの。板書くらいなら書けるときだってあるし、無理なら、やっぱりわかりませんって答えれば、それですんだ話でしょう。あなたにあんなことをしてもらう理由はないわ」

「そうか。そりゃ、余計なお世話だったな」

僕は足元に視線を落として、息を吐く。

吐きだした吐息が震えているみたいに、身体中が苛立ちに満ちていた。

その通りだ、と考えてしまった。あれは小余綾が自分だけで乗り越えられる場面だった。確かに、余計なお世話だったのだろう。まったく、僕はどんなつもりであんな行動を取ったのか。それから自分の心理を探って、笑い出したくなる。小余綾も鼻で笑っていたけれど、もしかしたら、教室の女の子たちの言う通りなのかもしれない。僕は彼女の気を惹《ひ》きたかったのだ。みんなが言うような、可憐な女子生徒たる小余綾詩凪ではなく、『帆舞こまに』の片割れたる不動詩凪に、僕は君の役に立てるのだと、そう訴えたかっただけなのかもしれない。

もう続きは書かないかもしれない——。

彼女はもう僕を必要としていない。もっと腕のいい作家はたくさんいるはずなのだ。僕のように読者を楽しませることができず、あんな感想を書かれてしまうような苛立たしい文章は、きっと君の作品に相応しくないのだろうから。

拳を握ると、爪の先が掌に強く食い込んだ。

あの夏、僕は誓った。君のために、物語を書きたいって。

けれど、それはまったく自分本位の誓いだった。

馬鹿らしい。実に馬鹿らしいじゃないか。

「それで、結局のところ、なんなのよ。言いたいことがあるなら言ってちょうだい。じろじろとわたしのことを盗み見て、あんなふうに誤解されても仕方ない真似じゃないの」

だめだな。もう黙っていることができそうにない。

唇を嚙み締め、拳を握りながら、僕は声を絞り出す。

「僕じゃ、だめなのか」

「は？」

小余綾は素っ頓狂な言葉を漏らした。

僕は不安と苛立ちを言葉と共に吐き捨てる。

「僕じゃ、君に相応しくないのかって聞いてるんだ！　確かに、僕じゃ力不足かもしれない。君と僕じゃ、住む世界が違いすぎるってのはわかってる。それでも、僕は、君と一緒に……」

僕は自分の爪先を見下ろしたまま情けない言葉を並べ立てた。

わかっている。君が僕に相談できず、僕との作品を書かないと告げる理由なんて、一つしかない。それでも、僕はあのときに強く感じたのだ。

君と一緒に、作品を創り上げていくことの尊さを——。

返答には、暫くの間が空いた。耐えがたい沈黙が、僕の呼吸を奪っていく。

「それは……。それで、ずっとわたしを見ていたの？」

小余綾の声は、どこか掠れていた。

僕は彼女を見ることができず、俯いたまま頷く。

微かな吐息と共に、戸惑いの入り交じった声音が続いた。

「その……。それは、べつに……」気が遠くなるくらいの間を空けながら、彼女が声を漏らす。「でも、そういうのは教室のみんなが言っているだけで、わたしはべつに、そこまでは……。まぁ、その……、ど、どうしてもって、千谷君が頭を下げて言うのなら、ほんの少しくらいは考慮してあげても……」

小余綾を見ると、彼女は俯いていた。手指を腹部の前で組み合わせて、親指を意味もなく撫でるようにそわそわと動かしている。

何故か頬を赤らめながら、彼女は痙攣《けいれん》するみたいなまばたきを繰り返していた。

「あの……、でも、ごめんなさい。やっぱりよしておきましょう。その、そういうのは、ほら、わたしたちの仕事にも支障が出るかもしれないじゃない？　わたし、やっぱり今は恋愛より、仕事を優先したいというか……」

あれ……。小余綾さん、なんのお話をされているんですか？

思い当たった可能性に、頭が真っ白になった。

「いやいや、待って、待って小余綾さん！　違うから、違うから！」

「え？」

彼女は顔を上げてきょとんとした表情を見せる。

その耳まで赤く見えたのは、夕陽のせいだけではないだろう。僕も顔が熱かった。

「いや、ええと、僕が言っているのは、僕らの仕事のことだ。その、雛子が、小余綾がもう書かないかもって言うから、つまり、僕が力不足なのかと……」

小余綾は、その大きな双眸を更に見開いた。それから強く唇を嚙み締めると、僕を睨みつけ、ぎゅっと瞼を閉ざす。声にならない呻き声がその唇から漏れ聞こえてくる。

「あの、小余綾さん？　その、パイプ椅子を振りかぶるのは、やめてもらえると……」

「それならこっちよ！」

小余綾は抱えていたパイプ椅子を戻すと、自分の指定席と化した椅子に敷かれている小さな座布団に手を伸ばした。彼女が持ち込んだ私物の一つだった。オレンジ色のそれを振りかぶり、何度も何度も僕に打ちつけてくる。痛い。

「なんて紛らわしいことを言うのよ、この底辺作家！　あの文脈であんなこと言われたらね、そういう意味にとれるでしょうが！　行間を読むのにも限度ってものがあるのよッ！くだらない叙述トリックかましてるんじゃないわよっ！」

「痛い。痛い。ちょっ」

「言っておくけど、あくまで考慮くらいしてあげるだけで、どのみち無理ですからねッ！

身の程を知りなさいッ！　数秒間だけでも可能性の模索はしてあげようっていう、わたしの寛大な心に感謝することね！」

「す、すみませ……、いた、いたいって、おい、痛い……」

いったいどれほどの間殴られ続けただろうか。

延々と殴り続けられた僕は、彼女のあまりの剣幕と攻撃に屈するようなかたちで床に正座させられていた。小余綾は流石に疲れたらしく、肩を大きく上下させて呼吸を繰り返している。

「君は暴力系ヒロインかよ……。いつの時代なんだ……、ぜんぜん流行《はや》らないぞ……」

「なにか言った？」

「いえ、なにも」

じろりと睨まれて、僕は俯く。

妙な勘違いをしたことが彼女はよほど恥ずかしかったようだが、僕も同じくとてつもなく気恥ずかしかった。ここは痛み分けということで良いのではないだろうか。

「それで……」息をきらしながら、小余綾が言う。「じろじろとわたしのことを見ていたのは、そんな理由だったわけ？　雛子ちゃんから、わたしのことを聞いたから？」

「お、おう……」

「はぁ、呆れた……。もう、本当にばかばかしい」

小余綾は力なく椅子に腰掛けると、前髪をかきあげて溜息を漏らした。

「いや、プロットに行き詰まってるなら、僕に相談するはずだろう。つまり、君がもう僕とは組みたくないのかってことだと……」

「そういうわけじゃないのよ」小余綾はもう一度溜息をつく。それから彼女は僕を見て、ほんの少しだけ微笑んだ。どこか申し訳なさそうな表情にも見えた。「でも、そうね。千谷君には相談するべきだったのかもしれない。けれど、なんていうのか……。あなたには、言いづらいことだったの」

「なんだよ。もう書かないかもしれないって言うくらい、重大なことなんだろ?」

「正確に言えば、『続きを書かないかもしれない』っていう話なの。あなたとの仕事をやめたいって考えてるわけじゃないわ」

「どういうことだ?」

「本当に、どう説明したらいいのかしら。プロットのことといえば、プロットのことなのだろうけれど……」

小余綾は眉間に皺《しわ》を寄せて、虚空を睨んでいる。

「僕でよければ力になる。聞かせてくれよ」

「怒らないで、聞いてくれる?」

「なんだよ……。僕は散々叩かれても大人しくしている温厚な人間だぞ」

「あのね……」彼女は呆れたように溜息を漏らす。「まぁ、いいわ……。その……。わたし、小説の続刊を書くのって初めてなのよ。知ってるでしょう？」

「それが、どうしたんだよ？」

「うまく言えないのだけれど、わからなくなってしまって」

「わからないって、なにがだよ」

「続刊を書く方法論というか……。続刊を出す意義、というのかしら」

自信なさげに眉尻を落として言う彼女に、僕は素っ頓狂な声を上げてしまう。

「なんだそりゃ？」

「テーマを語り、問題に決着をつけ、答えを得た主人公は成長を遂げた。でも、続編を書くというのなら、綺麗にまとまったそれらをもう一度放り出さないといけない。登場人物の成長や、抱えていた問題との決着、それらをまた放り棄ててまで、あえて物語を続ける意義ってなんなのだろうって思ったの」

「それは……、そんなことで……、悩んでいたのか？」

「そう言うと思った」小余綾は肩を竦める。「けれど、わたしにとっては大きな問題なのよ。うまく答えが出なくて、どうしても物語の方向性が定まらない。このままじゃ、きっと満足できない一冊になる。わたしたちは全力で第一作を作り上げた。けれど、全力を注ぎすぎてしまったぶん、第二作の完成度がそれに追いつかない。綺麗に完結したはずの物語を、わけもわからず書き出した第二作が汚してしまう。そんな気になってしまって」

戸惑ったような彼女の言葉を耳にしながら、僕は彼女の語る問題を整理した。

小余綾の言いたいことは、理解できた。

僕たちが綴った第一作は、美しく物語を終えた。

主人公は乗り越えるべき問題を解決し、大きく成長した。物語はそこで終わりを迎えたのだ。物語とは、基本的には主人公が抱えた問題との対峙《たいじ》である。鬱屈した想いがあり、それを苦難の末に乗り越えるからこそ、そこに大きなカタルシスが生まれる。

けれど、解決してしまった以上、第二作では乗り越えるべき問題が存在しないということになる。ここで、安易に新たな問題を作り上げると、成長したはずの主人公がまた大きく後退することになってしまい、読者の感情移入が難しくなってしまう。第一巻の結末はなんだったのだと、落胆させてしまうことにもなりかねない。もちろん、物語というものは幅広く、様々なジャンルが存在する。主人公が乗り越えるべき問題をあえて設定せず、日常の中でいくらでも話を展開できるような構造だって存在するだろう。あるいは古くからある探偵小説のように、主人公ではなく、第三者の人間に解決すべき問題を設定し、それを主人公が解決していく作品なども存在する。やり方は多様にあるはずなのだが、残念ながら僕らの作品はそういったかたちをとっていない。続刊を前提とした仕事であったはずなのに、物語を綺麗に閉ざしてしまった。これは、言わば不動詩凪の——、いや、僕たちが犯した設計ミスなのだ。

それでも、と美しく閉じた物語を、再び無理矢理にこじ開ける意義とは、なんだろう。

それが、小余綾が直面した命題だった。

しかし、それは——。

「いや……。それは、いくらなんでも深く考えすぎじゃないか?」

僕らは、続刊を出してよいと言われているのだ。

打ち切りだ、と告げられて、書くことをもう赦されないわけではない。

「わかってるわよ。わがままで贅沢な悩みだってことくらい。だから……、千谷君には言えなかったの」

「いや、待ってくれよ。そりゃ、確かにこのままじゃ、一巻と比べて大きな感動は描けないかもしれない。でも、原稿だって途中までできてるじゃないか。打ち切りだって言われてるわけじゃないんだぞ。それがどれだけ幸せなことなのか、君にはわからないのか?」

「わかってるわよ。でも——」

それでも、続刊を出す意義とやらを見出せなければ、完璧主義者たる不動詩凪は、赦せないのだろう。

「ねぇ。千谷君は、どうして、わたしに続きを書いてほしいの?」

「僕は……」

君と一緒に物語が綴りたい。帆舞こまにとして作品を届けたい。それとも、お金のためだ、なんてお為《ため》ごかしを口にするべきだろうか? けれど、と考える。

それは、小説の続刊でしかできないことだろうか?

小余綾の抱える問題は、恐らくそこにある。

すべてを投げ打って、それでも『続き』を選ぶ理由は、なんだろう？

「河埜さんはね、無理に続編を出さずに、まったく違う単巻の物語を書いてもいいって言ってくれているの。帆舞こまにとして、あなたと一緒に作品を作ることが目的なら、それは続刊でなくても達成できることでしょう。それなら、あえて続編を書く意義ってなんなのか……。わたしは、それを見つけ出さないといけないのだと思う。そうじゃなければ、誰の心も動かせない、退屈な作品になり果ててしまうと、そう感じるの」

「雛子に、続きはもう書かないかもしれないって言ったのは、それが理由か」

「ええ。答えを見つけられなかった場合は、大人しく切り上げて、別の作品を作ろうと思う。あなたが赦してくれるのなら、だけれど……」

「帆舞こまには……、僕たちの名前だ。君が納得できない物語を、安易に届けるべきじゃないとは僕も思う、けれど……」

だからといって、すんなりと納得できるかは別の問題だった。正直に言えば、不満の方が大きい。そんなことに悩んでいる暇があるなら、一刻も早く続刊を出すべきだと思う。自分が納得するまで時間をかけて、刊行が遅れたりしたらどうするつもりなのだ。たとえば、クオリティにこだわりすぎて、二年も経ってから続刊が出る小説もこの世には存在するだろうが、そんなものに価値があるとは思えない。続刊というものは、既刊と共に書店の売り場に継続して並ぶというメリットがあるからこそ、売り上げに繋がる。旬が過ぎてからでは、意味が無いのだ。

けれど、小余綾がそういった商業主義的な考え方で納得してくれるとも思えない。

「良かったら、わたしのわがままを聞いてほしい。千谷君は、暫くわたしたちの活動は控えて、自分の仕事に集中していて。九ノ里君に頼まれた部誌の短編だったり、千谷一夜としての新刊だったり、書くべきものはいろいろとあるでしょう?」

「そりゃ、そうかもしれないけれどさ……」

「遅くても、今月中には答えを出そうと思う。だから、それまでわたしに時間をもらえると嬉しい」

今月中。つまり、遅くてあと三週間も、作業が停滞してしまうことになる。

僕は俯きながら、彼女を説得するための言葉を探していた。

千谷君は、どうして、わたしに続きを書いてほしいの?

続刊を出す意義。単に帆舞こまにとして活動をしたいというのなら、それは続刊でなくともできる。別の話を考えれば良い。既に終えた話を無理矢理続けるよりも、より鮮烈で深い物語を生み出すことができるだろう。それを選ばず、綺麗に閉じた物語を無理にこじ開けてまで、続きを書かなくてはならない理由とは、なんなのか?

結局、僕はその理由を見つけることができず、彼女の提案に頷くことしかできなかった。

＊

喧噪に包まれた往来を歩く。

ほとんどの小説は家で購入するのだけれど、小さな本屋で買えるものには限りがある。特に、わたしが好きなライトノベルはうちの書店にはあまり多く配本されない。社割で購入できるので注文してしまうのも手なのだけれど、一刻も早く手にしたい気分のときには、こうして大きな駅まで電車に揺られ、デパートの中にある書店を探索することになる。わたしにとってはそんな時間も大切なもので、限られたお小遣いの中でどの本を買うべきか悩むうち、いつの間にか夕暮れは深まっていた。通りはますます、人で溢れていく。

人の多いところは昔から苦手だった。特に、自分と同じ制服姿の女の子を見かけるような都会の只中《ただなか》はなるべく避けたいと考えてしまう。きっとそれは、制服をおしゃれに着こなし、晴れやかな笑顔で友達と歩む彼女たちの姿を、自分の手には届かない眩い景色だと考えてしまうからだ。それは、わたしにとって物語の中でしか得ることが赦されない景色に思えてしまう。リカたちと一緒にいても孤独を感じてしまうのは、そんな理由からなのだろう。

わたしという物語を、わたしが好きにならなければならないと、そう言ってくれたのは真中さんだった。どうだろう。あれから、わたしはわたしの物語を好きになることが、少しでもできただろうか？　わたしの物語、わたしという人間、わたしの世界――。

大通りで信号待ちをしている間、ぼんやりと向かいの通りを眺めていた。夕陽の茜色は薄まり、次第に空が黒ずんできている。ここのところ真夏のような天候が続いているけれど、日が暮れてきたせいか流石に少し肌寒い。向かいには携帯電話を売っている店舗が並んでいて、今ならすぐ話題の新機種が手に入りますと、道行く人たちにそう呼びかける店員の声がこちらまで届いてきた。その道を、制服姿の高校生たちが横切っていく。

それは、わたしにはまるで映画の一幕のように思えた。

おしゃれな制服を着こなした女の子たちが、三人、向かいの通りを横切っていく。肩を寄せ合うように、あるいはじゃれ合うようにして、ころころと笑い声を上げながら。同じエンブレムの入ったブレザー。ピンクの、あるいはクリームのカーディガン。チェックのスカートは三者三様に違った色が入っている。その中の一人の顔に、見覚えがあった。

はっとした。

真中、葉子さんだった。

いつもポニーテールで纏めていた黒髪は、微かなウェーブがかかり肩までふわりと広がっている。教室で気難しい表情を浮かべていた彼女は、見たことのないような明るい笑顔を浮かべて、共に歩いている女の子の肩を摑んでいた。彼女たちの笑い声がこちらまで届いてくる。

他人のそら似かもしれない。

髪型も違う。笑い方も違う。仕草も違う。

視力には自信がなかった。けれど、見間違えるはずはないのだ。

真中さんは、あの一件のあと転校していったはずだった。どこか遠くへ行ってしまったのだと、根拠もなくそう考えていたけれど、事実は違っていたのかもしれない。信号が青へと変わり、わたしは急《せ》いた気持ちで真中さんの姿を追いかけ、雑踏の中を掻き分けていく。わたしは彼女に声をかけなくてはならない。けれど、津波のように流れる人々の群れに呑まれて、すぐに彼女の姿を見失ってしまった。

あれは本当に真中さんだったのだろうか？

胸の中にざわめきのようなものを抱えて、電車に揺られ続けた。沸き立つ湯が徐々に音を立てて唸り始めるように、そのざわめきは次第に大きくなって、わたしという愚かな人間を責め立てていく。帰路につく間、ただひたすらに呆然としていた。気づけば家の裏手にある外階段を上がり、ローファーを脱ぎ捨て、母と言葉を交わし、わたしの身体はいつの間にかベッドに横たわっていた。

心に染みついた罪が、鈍く痛みを発している。

もう二度と会えないのだろうと、漠然と考えていた。これまでずっと、彼女と連絡をとる方法は存在しなかった。どうしてだろう。図書室に行けば必ず会えると考えていたからだろうか？　それとも、わたしにとって彼女はただそれだけの友人だったのだろうか？

連絡先を交換したことはなかったし、転校先の学校に関して話を聞いたこともなかった。ただ、わたしたちの間には、いつの間にか大きな隔たりが生まれていた。気づいたときには、彼女はもう学校から去ってしまっていた。

会えるのなら、わたしは彼女に謝らなくてはならない。

息苦しい呼吸から解放されたくて、胸元のボタンを外す。それから、スマートフォンに手を伸ばした。どうにか真中さんのことを知る方法はないだろうかと考えた。思い立って真中葉子という名前でネットを検索したけれど、当然ながら見つかるのは赤の他人の情報ばかりだ。十分近く無駄足を踏んだあとに、ふと思いついたことがあった。

わたしは、そのタイトルを画面に打ち込んでいく。

それは、小説のタイトルだった。中学時代、図書室で隠れるようにしながら、一心不乱に書き綴っていた彼女の物語。わたしに読ませてくれた、彼女の作品のタイトル。

見つけた。

わたしはベッドから身体を起こしていた。どうして今まで、この方法を思いつかなかったのだろう。息を止めて、そのページにじっと視線を注ぐ。

それはインターネット小説の投稿サイトだった。真《まな》尾《お》杏《きょう》華《か》という人のページで、わたしが探していた特徴的なタイトルの他に、見覚えのある章題がいくつも並んでいる。念のため、小説の冒頭に目を通した。手書きで綴られた文字と無機質な横書きフォントでは印象が違っていたけれど、間違いない。真中さんの小説だ。

わたしは、この物語の途中までしか読んでいない。物語の続きが掲載されているのではないかと期待に胸が躍った。章題を確かめると、けれど物語はわたしが知っているところで途切れている。嫌な予感を覚えながら、掲載されている最終更新日に目を通した。

もう、一年以上も更新されていない。

隅々まで、真尾杏華のページを調べた。他の作品は掲載されておらず、やはり一年以上、このサイトを更新した形跡は残されていない。その日付は、真中さんが転校して数ヵ月経った頃のものだった。

たった一つ、感想を寄せるコメントページに真尾杏華の言葉が残されていた。誰の感想も残されていないページだったが、掲載が途切れて数ヵ月を過ぎた辺りに、サイトの利用者がこう質問をしている。『更新されていないようですが、続きは書かれないのですか？』

感想ページにただ一つ書き込まれたその言葉へ、真尾杏華はこう返していた。

『小説を書くことは、もうやめました』

両手で、スマートフォンを握り締める。心臓が凍《い》てつき、掌に冷たい汗が浮き出るのを感じていた。

『この世界は、それほど美しいものではないと、知ってしまったのです。物語は、ただのエンターテイメントでした』

その返答は、この質問をした人物にとっては意味のわからないものだったのかもしれない。実際に、それ以上のやりとりは書かれていなかった。けれど、それはわたしには充分に意味の伝わる言葉だった。

空虚な穴を心に感じながら、ただスマートフォンの画面を見下ろす。

物語は、いつまでも続いていくのだと——。

いったい、いつから、そんな錯覚を抱いていたのだろう。

のろのろと立ち上がり、机の引き出しをそっと開いた。

一つの引き出しのスペースをすべて使って、それはそこに収まっている。

分厚いプリント用紙の束が、そこにあった。その用紙の端が擦れて折り曲がったりしないよう、慎重に取り出す。それから、ページを捲り上げていった。

真中さんが綴った物語。

あの茜色の陽が美しい図書室の片隅で、彼女が一心不乱に書き綴っていた物語。彼女がパソコンに打ち直し、わたしのためにプリントしてくれたものだった。フォントの種類や大きさはもちろん、余白のスペースやノンブルまで凝って、読みやすく印刷されている。物語はまだ途中。いつか完成したとき、こんなふうに印刷して新人賞へ投稿するのだと、活《い》き活《い》きとした表情で彼女は語っていた。小説家になるのが自分の夢なのだと。

わたしはページを捲り、そこに綴られた物語を追いかける。何度も何度も夢中になって読み返したというのに、言葉は未だにわたしの心を捉えて離さない。真中さんが転校してしまったあとでも、きっとこの物語は続いていくのだと、当たり前のように考えていた。何度いつかわたしもこの物語の続きが読めるのだと、当然のように思い違いをしていた。

も何度も捲ったページの端は、大切に扱っていたのにもうよれよれだった。

真中さんがこの物語の続きを書く機会は、もう訪れない。

一つの熱情と才能が、潰えた。その原因は、きっと——。

気づけば、わたしは唇を強く噛み締めていた。五指を歪《いびつ》に握り締め、込み上げてくる熱を堪えながら、お腹を抱えるみたいにして背を曲げる。雨が降ったように、プリント用紙に雫《しずく》が滴った。

物語の美しさとは違う感情に、わたしはたまらず呻いていた。

残されていた言葉が彼女の声を伴って、呻くわたしを責め立てる。

この世界は、それほど美しいものではないと、知ってしまったのです。

わたしは、きっと、その体現者なのだ。

第三話　物語は人の心を動かすのか？

僕の指先は、キーボードの叩き方を忘れてしまったのかもしれない。

蒸し暑さに汗が浮かんでは額を滑り落ちていく。節約のためにもエアコンは使いたくないし、我が家の旧式の冷房がもたらす風は、どうにも苦手だった。そもそも、こんな季節外れの真夏日に敗北を認めなくてはならないというのも癪に障る。今日は授業が早めに終わった上、バイトもなかったので、雛子《ひなこ》のところを訪れようとしたのだが、出張帰りの母に先を越されてしまった。

『お兄ちゃんは要らないので、ばりばり仕事しててください』

妹にそう言われてしまえば、仕事に集中するよりない。

曾我部《そかべ》さんが待ってくれているという、千谷一夜《ちたにいちや》の新作小説。そのプロットを構築する作業をひたすらに続けているが、相変わらず画面は白いままだった。正確に言えば、文字で埋め尽くすことができたとしても、言いようのない気持ち悪さに襲われて、すべてを消去してしまう。

同じことの、繰り返しだ。

あの夏、僕はなにかを摑めたような気がした。自分の物語を綴ることができるような気がしたのだ。けれど、それは錯覚だったのだろうか？

意を決して、部屋を出ることにした。帰ったばかりでまた出かけるのは億劫だったが、『サンドボックス』なら冷房が効いているし、少しは集中できる。駅まで歩き、電車に揺られる間もプロットについて考えを巡らせていた。『サンドボックス』に入って、受付の矢花《やばな》さんと地球温暖化に関するどうでもいい会話を交わし、カウンターのテーブルに着く。パソコンを広げ、画面を睨む作業を再開したとき、僕の心を占めているのは、たった一つ、この言葉だった。

小説が書きたい。

たまらなく、物語が書きたかった。

けれど、書くべき物語が、僕の手元には存在しない。

立ち消えとなったシリーズ第三作のプロットは既にできている。あとは書き進めればいいだけのはずだが、完成した第二作は打ち切りとなり、日の目を見ることは叶わない。当然ながら第三作を書くことも不可能となった。それが酷くむなしく、もどかしい。

今は自分の作品に集中してほしい。

小余綾《こゆるぎ》の言葉に対して、どうにも納得できない感情が心の隅をくすぐっている。

続刊の意義を、彼女は探し求めているという。続きを出してよいと言われているのに、なんとも贅沢な悩みじゃないか。そんなくだらないことに悩んで時間を潰すより、僕らは早く続刊を出すべきなのだ。一ヵ月も作業を止めてしまえば、当然ながら作品の完成と刊行は遅れてしまう。僕たちの作品を出しているレーベルも、一月の刊行点数が最大四点までと決められているので、完成したらすぐに刊行させてもらえるというわけではない。以前に河埜《こうの》さんは、僕たちの続編が今年中に脱稿できたら、三月に刊行したいと言っていた。その三月を逃せば、刊行できるのはいつになるのかわからなくなるかもしれない。そう考えると、今月いっぱい作業を中止させるというのは、賢いやり方とはとても思えないのだった。

深く溜息を吐き、真っ白な画面を見つめる。

新作のプロット。そもそも僕は、こんなものを書いている場合なのだろうか？　今すぐにでも、『帆舞《ほまい》こまに』の原稿を進めておくべきではないだろうか？　どうせ僕には、僕の作品を超えられるプロットなんて思いつかないのだ。どんなに苦心したところで、また読者を満足させられない。けれど、小余綾となら。不動詩凪《ふどうしいな》と作る作品なら、彼女の言う人の心を動かす作品を創り出すことができるんじゃないだろうか。

と——。

「悩んでいるなぁ、先生」

声がかかり、慌てて顔を上げる。

「春日井《かすがい》さん——」

傍らに立っていたのは、三十代半ばを過ぎた男性だった。草臥《くたび》れた半袖のワイシャツに、曲がったネクタイ、そして顎の無精髭《ぶしょうひげ》と、非常にだらしのない様相ではあるが、これでも立派な専業作家である。

春日井さんは、コーヒーカップを二つ持っていた。その一つを僕に差し出して言う。

「久しぶりじゃないか。ブラック飲めるんだったよな」

「あ、すみません」僕はありがたく、妹が言うところの、少女の心を持ったお兄さんからカップを受け取った。「今来たところですか？」

「いや、集中スペースにいたんだ。今は休憩ってところだよ」春日井さんは悪戯っぽい笑みを浮かべて言った。「コーヒーでも飲もうかと思ったら、作家先生が久しぶりに顔を出してるじゃないか。キーボードを叩く気配が微塵もないんで、ちょっと声をかけようと思ってさ」

「変な呼び方はやめてくださいよ」

くすぐったさをごまかすため、熱いコーヒーに息を吹きかけて一口啜る。やはり熱い。

「今はなんの仕事してるんだ？」

「なんというか、その……、新しい作品のプロットに取りかかろうと」

「お、それは千谷一夜の作品か？」

「まだなにも思いついていないんですけどね」その話題は避けたい気持ちだった。「春日井さんは？　今はなんの原稿してるんですか」

「ああ、俺は漫画原作のやつだよ」

春日井さんはそう答えると、僕に断って隣の席に腰を下ろした。

「あ、もしかして、『アリス一直線』ですか」

「お、そうそう」彼は気恥ずかしそうに頬を掻く。「なんだ君は、俺の仕事を全部把握してるのか？　俺の秘書なのか？　言っておくが、俺の夢は美人秘書を雇うことなんだ。残念ながら、少年は趣味じゃ――」

「一応、コミックスを揃《そろ》えているんで」僕は彼の戯言《たわごと》を遮って言う。「妹も好きですよ」

「え、マジ？　読んでくれてるの？」春日井さんは眼を大きくして仰け反った。「そんなこと言ってくれるなんて、君は大物だなぁ。ほんと、偉くなるよ。ああ、でもやっぱり千谷君は、俺と共にずっと売れない作家同盟に在籍し続けてくれ。俺を一人にするな」

肩を摑まれて頼まれた。勝手にそんなものに所属させないでほしい。

「それで、帆舞こまに作品の方、感触はどうだ」

「どう、ですかね」僕は俯き、ノートパソコンに視線を落とす。「同時に刊行された他の作家さんの二点は、すぐに重版が決まったみたいですけれど……、こっちはまだ音沙汰なしで」

「そんなにすぐ結果は出ないさ。発売即重版は見ばえがいいから眼につきやすいけれど、経験できる作家はほんの一握りだよ。俺もしたことないもん」

「それは、そうなのかもしれないですけれど……。どうにも、僕が不動詩凪の足を引っ張っているような気がして。ネットの評価も、あんまり良くないですし……」

「ネットはなぁ、辛辣だよなぁ」春日井さんはなにか思い出したように笑った。それから、僕の肩を叩く。「ま、そう落ち込むなよ少年。世の中にはもっと酷いことを言われる作品も山ほどある」

「そう、でしょうか」

僕の綴った作品は、これまで好意的な感想を書いてもらったことがない。ネットの傾向として、そういった辛辣な面が強いのだと言われれば、そうなのかもしれないとも思う。けれど、平台に並ぶ有名作品に寄せられる感想は、どれも好意的なものが多い印象だった。どうして自分の作品はそうはならないのだろうと、いつも比べて落ち込んでしまう。

「よし、それなら見せてやろう」

僅かに黙り込んだ僕を見て、春日井さんが言う。わけがわからず顔を上げると、彼はどこからともなくスマートフォンを取り出して見せた。その画面を操作しながら言う。

「しかし、そうか、君も思い返せば高校生なんだよな」

「なんなんです？」

話が見えない。

「いや、高校生にしては、しっかりしてるよなって思って。こうして作家の仕事をして、しかもバイトだってしてるんだろう？」

「はぁ、まぁ」

「俺さ、高校生の知り合いなんて君くらいだからさ。君を見ていると、現代の高校生の実情って、やっぱりそんなものなのかなぁって」

「自分で言うのもなんですが、僕はわりと特殊な生き方をしていると思いますよ」

「確かに君みたいなのは稀だと思うけど、今の子はみんなしっかりしてるんじゃないか」

「うーん、どうでしょうか」脳裏に浮かんだのは九ノ里《くのり》の顔だった。僕よりもだいぶしっかりしている人間である。「というか、なんの話ですか。なにか見せてくれるって言ってましたけれど」

問うと、春日井さんは笑った。

「いや、『アリス一直線』だけどさ。主人公の有朱《ありす》のこと、どう感じる?」

「どう、と言われましても……」

「まぁ、とりあえず、これを見てくれよ。そんなことで落ち込んでる場合じゃないって思えるようになるさ」

春日井啓《けい》が原作を担当する漫画『アリス一直線』は、こんなストーリーだ。

主人公の有朱には、ちょっとした超能力があるのだが、それは本当にちょっとした力で、些細な役にしか立たない。それでもその力を自分のためではなく、他の誰かのために使っていこうと彼女は決意する。ところがある理由から、まだ高校一年生の彼女は、慣れない土地で一人暮らしをしていくことになる。そうして様々な人たちに支えられ、人と関わること、誰かを助けること、そういったものを学びながら成長していく有朱を描いた日常ファンタジーが、『アリス一直線』だ。妹もけっこう気に入っている作品で、僕も急に一人暮らしをしなくてはならなくなる主人公の戸惑いに自分を重ね、深く感情移入して読んでしまった。

「この作品、先月から、とある場所で無料公開してるんだ」

春日井さんの言う、そのとある場所というのは、メッセージングサービスで著名な会社が運営する、無料コミックス配信サービスだ。オリジナル作品から超有名な人気作品まで、毎週数話ずつ無料で読むことができるのだという。その名前を知らない人はいないほどの超大手が運営していることもあり、読者数はかなりの数にのぼることだろう。

「で、まぁ、ここ一ヵ月で何話か公開されたんだけれど、それがこの反応だよ」

春日井さんは僕にそれを見せてくれた。公開された無料作品には、読者たちの単文コメントを投稿できる機能がある。無料作品ということもあって、膨大な数のコメントが寄せられているようなのだが——。

『こいつクソの役にも立たないな』『幼稚園児の方が有能』『苛つくザコ』『読んでるとイライラするから切るわ』『本当に使えない主人公』『まじこいつ役立たずでうぜえ』『なにを楽しめばいいのかさっぱりわからん』『この主人公死ねばいい』『なんの取り柄もなさすぎるだろ』『はー、まじ使えな』『一生引っ込んでろ』

暫く、画面を埋め尽くす言葉の数々を見つめていた。

画面をスクロールさせていくと、ほとんどがこのような悪態だということに気づく。凄まじいまでの暴言の数々だった。それから、ようやく彼らがなにを言っているのかを察した。彼らは、『アリス一直線』の主人公に対して苛立っているらしかった。

主人公の有朱は、そのひたむきさが取り柄ではあるが、失敗の目立つキャラクターだった。誰かのために良かれと思って行動したことが、結果的に空回りして人に迷惑をかけてしまうことも少なくない。それでも、その彼女の行動を見て街の人たちが変わっていき、有朱もまた成長を遂げていく。この作品はそんな話のはずだった。けれど、読者は乱暴な言葉を並べ、彼女の失敗を責め立て、なんの取り柄もない役立たずだと罵っている。

しかし、この物語は失敗を繰り返して成長していく主人公を描いた話なのだ。最初からうまく立ち振る舞うことのできる者なんていない。これはそのことを優しく寄り添うようにして教えてくれる話だった。実際に僕も雛子もこの作品のそういったところに勇気づけられた。だから、明日から自分も頑張れるかもしれないと、心を動かされた話のはずなのだった。

それが、いったい、これはどういうことなのだろう。

「なかなか辛辣だろう」

「いや……。え、よくわかりません。これ、有朱のことを言ってるんですか?」

「利用者は中高生がいちばん多いらしいんだ。つまり、十代の子たちから、有朱って主人公はこんなふうに見えるってことになる。けれど、十代の子たちが、いったいどうして有朱にこんなにも苛立ってるのか、俺にもさっぱりわからんのよ。未だに青春小説を書いたりするけれど、俺もおじさんだからさ、今の子の考えがわからんっていうか」

僕は唖然としたままスマートフォンの画面を見つめる。

正直、同年代のはずである僕にですら、理解不能だった。

「俺が十代の頃って、めちゃくちゃだめなやつだったんだよ。失敗続きで、礼儀がなってなくて、周囲に迷惑ばかりかけて、一つ一つ学んでいったわけ。でも、今の十代の子がこんなふうに思うってことは、今の子たちは俺なんかが思うより、よっぽどしっかりしてる人生送ってるのかなってさ」

「いや……。有朱がだめなら、ほとんどの高校生は駄目人間じゃないですか」

僕は、わりと甘やかされて育てられた人間だ。苦労するようになったのは、親父《おやじ》が亡くなり、雛子が入院することになってからだろう。唐突に自分一人でなにもかも片付けなくてはならなくなったところを、一人暮らしをしなくてはならなくなった有朱と重ね合わせてしまったのだ。僕の周囲には雛子や母がいるが、有朱には頼れる人が誰もいなかった。そんな状況に自分自身が陥ったらどうなるか。考えるまでもなく、うまくはやっていけないだろう。

けれど、読者たちは有朱のことを役立たずだという。苛立たしいゴミだという。自分に悪態を吐かれたわけではないのに、僕は心が拉げていく気持ちだった。読者の多くは十代の少年少女たち。彼らは有朱に罵詈雑言《ばりぞうごん》を浴びせることができるほど、よく出来た人間なのだろうか？　今どきの十代は、失敗なんてしない完全無欠の子たちばかりなのだろうか？

いや、たとえそうだとして、彼らは同じ失敗に自分が陥ったとき、どうするつもりなのだろう。友人が目の前で同じ失敗に陥ったときも、同じ言葉を投げかけるのだろうか？そのときのことが、想像できないのだろうか？

想像、できないのだろう。

読者の想像力は、そこまで落ちたのだ。

僕たちが相手にしている読み手は、その程度の想像力しか持ち合わせていない。

「俺が言いたいのはさ、基本的に読者ってのは辛辣なんだってことだよ。千谷君が気にする必要なんてない」

「そう、なのかもしれないですけれど……」

僕は、呻くように言葉を漏らす。

それは、精一杯の反発なのかもしれなかった。

「誰の中にも……、物語がある」

「うん？」

「誰の中にも、物語があるって……。僕に、そう言ってくれた子がいるんです。文芸部の、後輩なんですけれど」

少しばかり、間があった。

それは、その言葉の意味を噛み締めるかのような間だった。

「いい、言葉だな」

「僕は……。生意気なこと、言ってるかもしれないですけれど、主人公と同年代の人間として、春日井さんには有朱を書き続けてほしいです。確かに、その……、こういうことを言う読者が多い以上、十代の意見としては参考にならないかもしれないですけれど。でも、僕は有朱と自分を重ねて読んでいましたから……、やっぱり、自分なんかでも物語の主人公になっていいんだって思いたいというか。そう思わせてほしいというか」

しどろもどろ、まとまりのない言葉を零す。すると春日井さんは頷いて、テーブルに視線を落とした。照れくさそうに笑って言う。

「うん、そうだな。ありがとう」

それから、また肩を叩かれた。

「というか、千谷君を励ますつもりだったんだが、俺が励まされてどうするって話だよ。なんだ君は、優秀だな、俺の秘書か？」

春日井さんに続いて、僕も笑った。確かに悩んでいたのは僕の方だった。春日井さんは、とっくに気持ちの整理を付けていたのに違いない。僕の言葉なんて蛇足というものだろう。けれど、それでも僕は反発したかったのだと思う。

「でも、やっぱり僕は不思議です。この、なんというか、こういうことを言う読者たちの心理がわからないというか……。いや、わからないから、売れるものが書けないのかもしれないんですけれど」

「一種の同族嫌悪みたいなものなのかな、とも考えたんだけれど、どう思う？」

「自分の未熟さを、作品に見せつけられることで、苛立ちが募るというわけですか?」

どうなのだろう。無力な自分を見ているようで作品を読み進められない、という気持ちは理解できたとしても、こんなふうに悪態の数々をコメントに書き込むだろうか? 自分を見ているように感じたということは、登場人物を自分だと思っているわけだ。つまり、自分に対して屑だの役立たずだの死ねだの書き込んでいることになる。マゾなのか?

「あるいは、もう、やり方が古いのかもしれないな」

「やり方?」

「前に、友人の作家に言われたことを思い出したよ。俺の書き方は時代に合ってないって。ストレスを与えるやり方じゃ、今の読者は付いてきてくれないんだとさ。なにを言ってやがるんだとさらっと流してたんだけれど、なんとなくこういう経験あってのことなのかもしれないなって」

「どういうことです?」

「物語の読み方が変わったのかもしれない。自分と登場人物を一体化させて感情移入する読み方を、今の子たちは知らないんじゃないかって思った。彼らにとって、物語はあくまでエンターテイメントなんだよ。だから、読者がストレスを受けるような失敗をする主人公は受け入れられない。もっとわくわくして、どきどきするような展開じゃないと読み進めるのが苦しいんだ。耐性ができてないんだよ。流行の物語が甘やかしてきたツケだとは思うんだけれど」

小余綾詩凪は、読書には読み手の能動的な協力が必要不可欠だと言っていた。理解しようと読み解かなくては、他者である物語世界の登場人物を理解することは叶わない。観客席に腰掛けて、ただ舞台を眺めるだけではだめなのだ。共に舞台に立ち、登場人物と身体も心も一体化してもらう必要がある。どんなに優れた筆も、読み手の想像力を借り受けなければ、物語世界に誘《いざな》うことはできないのだから。

自分が同じ立場だったら、なんてきっと欠片も考えない。

とても遠い世界の出来事を、客席に座って眺めているだけ。

それが、今の読書のやり方なのだ。

「それって、誰が言ったんですか」

「天月彼方《あまつきかなた》」

返ってきた名前に、僕は頷《と》く。大ヒットを何本も生み出している天才作家の名前だった。有名な文学賞を獲っているわけではないのだが、手掛けるシリーズ作品のほとんどが映画化、ドラマ化、アニメ化などメディア展開している超有名ヒットメーカーである。春日井さんと同時期にデビューしていた人であり、大学も同じということもあってかなり親しいのだとは聞いている。確かに面白い作品を書く人だ。彼の作品は雛子も気に入っている。妹曰く、天月彼方の作品はデビュー初期の方がずっと面白い、などと生意気なことを言っていたりするのだけれど。

「俺はさ、物語を楽しんでもらって、ついでに学校や仕事で失敗したりして落ち込んでる人たちがさ、ああ、躓《つまず》くのは自分だけじゃないんだなぁって、それで明日から頑張る力をさ、ほんの僅かでも与えられたらいいなぁって、そう思ってたんだよ。でも、今の読者には、そんなのぜんぜん届かないってことだよな」

少なくとも、ここにいる十代の少年少女たちには、まったく届かなかった。

これが現実なのだと宣告するように、残酷な言葉が画面をいっぱいに埋め尽くすだけ。

僕はなにを確かめたかったのか、歯痒い思いで手にした画面をスクロールさせていく。

「これ……」

他のとは様相の違うコメントを見つけた。春日井さんが、横から覗き込んでくる。

『読んでやっから続きを早く更新しろ無能運営が』『買って読めってことだろ』『アニメ化しないザコ作品に金を払う価値はない。続きはすべてここで読める』

最後のコメントには、URLの文字列が記されていた。

「ああ」そのドメイン名を見て、春日井さんが頷く。「海賊版をアップロードしてるところだよ」

彼は溜息と共に言った。

「この作品も、やられちまってる」

何故か、みぞおちに重たい一撃を打ち込まれた気分になった。

溜息すら、喉に閊えて零れてくれない。

海賊版サイトというのは、違法にアップロードされた漫画のファイルを閲覧することのできるサイト群の総称だ。そこにアクセスすればなんの対価を払うこともなく、漫画を読むことができてしまう。もちろん著者に印税が入るはずもなく、近年の出版業界にとっては大きな問題となっている。僕も、他人事《ひとごと》ではない。中には漫画だけではなく、小説のファイルまで違法にアップロードしているサイトも多いのだった。こうしたサイトが増えていくと共に、なんの罪悪感も抱かずそれらを利用する人間は急増しているという。

不思議だ、と思った。

みんな、どうして、そんなことができるのだろう。

陳腐だが、馬の耳に念仏、という慣用句を連想した。

いったい、僕たちは、誰に向けて本を書いているのだろう。

「もう、物語じゃ、人の心は動かせないのかもしれないなぁ」

この小さな画面の中で突き付けられた現実は、あまりにも残酷だった。

人の心を動かす物語を作りたい。

小余綾は、そう言っていた。

僕も考えている。人の心を動かす作品とは、どんなものだろう。どうしたらそれが書けるだろう。春日井さんが生み出した人に寄り添う物語は、十代の少年少女の心には届かなかった。垣間《かいま》見えたのは、恐ろしい暴言を吐き、なんの罪悪感もなく違法行為に手を染める人々の姿だ。新作小説のプロットを打ち込むべき白い画面が、僕の脳裏に映し出される。不動詩凪は、人の心を動かす物語のため、続刊の意義について悩んでいる。人の心を動かす、ということ。そのための、歯車をかたち作るということ――。

けれど、と考えた。

今の読者は、それを望んでいるのだろうか？

心を動かされることを、はたして彼らは望んでいるのだろうか？

僕はじっと、スマートフォンの画面を見つめ続けた。

＊

春日井さんに夕食を奢《おご》ってもらい、少し仕事を続けたあと、帰路についた。結局、新作プロットはなにも思い浮かばなかった。代わりに、いくつもの言葉が堂々巡りしている。続刊の意義。人の心を動かすということ。そして春日井さんとの会話で生じた疑問。すなわち、読者はそんなものを望んでいるのか。

僕はかつて、自分が成瀬《なるせ》さんにぶつけた言葉の数々を思い返していた。

そう。

物語が人の心を動かすだなんて、そう信じることがおこがましいのかもしれない。

信号待ちをしている最中、スマートフォンが着信を告げていることに気づいた。

「もしもし」

「あ、千谷さんですか。曾我部です。遅くにすみません」

「いえ、どうしたんです？」

「あのう、いま、よろしいでしょうか？」

「大丈夫ですけど」

「実はですね、お仕事のご依頼なんですが……」

「仕事、ですか」

その言葉に、どきりとする。信号が青になったのを確認し、期待と不安がない交ぜになった気持ちを抱えたまま、蒸し暑い夜の道を進んだ。

「はい。大変急なお願いで恐縮なんですが、現在、弊社で学園青春モノのアンソロジーを企画していまして――」

曾我部さんの説明を要約すると、こういうことだった。

現在、学園青春アンソロジーを刊行する企画がある。学園小説をテーマにした六人の作家による競作で、ある程度の部数も見込めるのだという。このアンソロジーは、来年の二月頭を目処《めど》に刊行予定らしい。

さて、問題はここからだ。既に四人の原稿は完成しており、もう一人も遅れてはいるものの、今月中に脱稿する予定だという。ところが、最後の一人の原稿が諸事情で間に合いそうにない。元々執筆が遅い作家だったが、更に運悪く病気を患ってしまった。治療に専念するため、どうしても原稿に空きができてしまうことになる。そこで、その作家の既存短編をあてがうことが考慮されたようなのだが、その作家先生が、青春小説なら千谷一夜の作品はどうだろうかと推してくれたらしい。とてもありがたい話だった。

「なんといっても現役の高校生さんですし、千谷さんの作風はこのアンソロジーにぴったりだと思うんです。そこで、もしご都合が付くようでしたら、短編を寄稿してもらえますと……」

正直なところ、願ってもない話だった。

曾我部さんが口にした作家たちの名前は、どれも僕とは比べものにならないほど著名な人たちだ。僕自身、影響を受けた作家さんの名前もあり、その人と名前を並べられるのなら是非引き受けたいという気持ちが強い。そういった有名作家を目当てにアンソロジーを買った人たちが僕の短編を読んでくれて、既存の作品に手を伸ばしてくれる可能性だってゼロではないだろう。代役とはいえ、間違いなくありがたい話だった。

普段だったら、真っ先に飛びついただろう。

しかし、問題は――。

「あの、二月頭に刊行となると、締め切りはいつになりますか？」

「急なお願いですから、ある程度の余裕を作りたいところなのですが……。どうしても、十一月いっぱいまでには頂いておきたいと思います」

もう一ヵ月半ほどの時間しかない。一ヵ月半で短編小説を書く。デビューしたばかりの自分だったら、間違いなく書けただろう。けれど今の僕は、小説を書けなくなって久しい。キーボードに向かって手が震えるようなことはなくなってきたが、それでも安易にできますと返事ができる状況ではない。それに加えて――。

僕には、帆舞こまにとしての仕事もある。小余綾は休止を宣言しているが、いつ彼女が続編を書くと言い出すかはわからない。その場合、十一月のスケジュールを空けておかなくては、三月の刊行予定にはとうてい間に合わないだろう。そこを逃せばいつレーベルの枠が空くかわからない。

とはいえ、小余綾は刊行を焦っている様子を見せていない。続編を書く意義とやらを見つけることの方が大事なのだろう。それなら帆舞こまにを放置して、このアンソロジーに参加するのが賢いやり方ではないだろうか？　小余綾だって、自分の仕事に専念してほしいと言っていたではないか。ここで僕が彼女ではなくアンソロジーの仕事をとったところで、文句を言われる筋合いはないはずだ。

けれど――。

赤信号だった。立ち止まり、深く息を吐く。

「あの……。すぐに返事をした方がいいですか？」

「とても急なお願いですから、スケジュールの調整とか、いろいろあると思います。千谷さんは学生さんですし……。十日間ほどでしたら、お待ちする覚悟です。あ、河埜さんに聞きましたけれど、今週の金曜日、いらっしゃいますよね？」

なんのことか、と一瞬考えたが、すぐに思い出した。

金曜は河埜さんが勤める出版社の、某新人賞の授賞式がある。作家たちはもちろん書店員さんも数多く来るパーティーなので、ＰＲを兼ねて『帆舞こまに』も出席しなさい、と河埜さんに命じられているのであった。

「そこで一度、改めてご説明させていただくというのはどうでしょう？」

「ええと……。では、ちょっと考える時間をください」

「はい。急なお願いですみません。どうぞよろしくお願いします！」

元気な声と共に通話が切れた。

僕は暫しスマートフォンの画面を見下ろしていた。仕事を受けることになった場合、何日間のスケジュールが空いているだろう。試験勉強や学校行事の類も考慮すると、いかに短編小説であろうとあまり猶予はない。間違いなく、帆舞こまにの作品と同時進行することは無理だ。この仕事を選んだら、小余綾がどのような決断を下すにしろ、彼女との仕事は大きく遅滞する。三月の枠に刊行することは不可能だ。しかし、それはくだらないことに時間をかけている小余綾の責任だろう。

曾我部さんには考える時間をほしいと言ったが、僕の心は既に強く惹かれていた。

しかし、もし返答期限までに小余綾が答えを出せた場合は、もう一度考えてみようとは思う。それが帆舞こまにとしての、僕の責務でもあるだろう。

はたして返答期限までに、不動詩凪はその答えを見つけ出せるのだろうか？

＊

真中さんに会わなくてはならない。

息苦しいほどに胸を締め付けるのは、そんな情動だった。

けれど、なにをどうしたらいいのかがまるでわからない。

そもそもの問題は、真中さんに会う方法がないということだった。わたしは彼女の連絡先を知らない。会いたいと思っても、それを実現する術がなかった。もちろん、中学時代に親しかった友達に、彼女の連絡先を知っている子がいないかどうか、可能な限り聞いてみた。それは少しばかり慎重を期す作業だった。リカと真中さんの間にあった出来事は、当時の同級生ならほとんどが知っていることだろう。もしもそれに荷担した側であるなら、罪悪感から忘れたいと願っているかもしれない。だから、図書委員の先輩や後輩を中心にメッセージのやりとりをしたのだけれど、結果としては、誰も真中さんの現在について心当たりはないということだった。

せめて、彼女の通っている学校さえ特定できればよかったのだけれど、わたしが街で遠目に見かけたとき彼女が着ていた制服は、とりたてて特徴のないブレザーのように思えた。校章は付いていたように思うけれど、わたしの視力では学校を特定できるほどの特徴を捉えることはできなかった。

彼女が使っていた小説投稿サイトにもメッセージを投げかけた。しかし、まるでなんの反応も得られない。最終ログイン日時の項目を見る限り、もう長いこと利用していないとわかった。どうにかしたいものの、ほとんど手詰まりだ。

「ねぇねぇ、知ってる？　似た感じの漫画があって、めっちゃオススメでさ！」

賑やかな声に、はっと顔を上げる。少し、ぼんやりとし過ぎてしまったかもしれない。

騒々しい食堂の片隅で、わたしたちはおしゃべりを続けていた。知らないテレビドラマに関する話でうまく話題に入ることができず、つい物思いに沈んでしまっていた。こんなふうに、みんなが楽しそうに話をしているのに、そこに交ざれなくて自分の世界に閉じこもってしまうのはわたしの悪いくせだった。

いつの間にか話題は変わっていたらしい。

はしゃぐユイちゃんの口から、知っている漫画のタイトルが出てきた。わたしの耳は、自分の世界にあるものだけには、耳ざとく反応するみたいだった。

それは、誰もが知っている漫画というわけではないけれど、うちの書店にも平積《ひらづ》みで並べられるくらいには配本されている作品だった。だから、ユイちゃんがその名前を口にして、面白いんだよーって声を上げていることに気がついて、慌てて言葉を探した。わたしもそれ読んでるよ、知ってる？　作者さん、ボールペンだけで描いてるらしいよ、すごいよね。慌ててそう声を弾ませようとしたら、賑やかなナナが声を上げた。

「ああ、それそれ知ってる！　なかなか面白いよね。新刊出たばかりなんだよー」

「わたしも……、買ったよ」

彼女の賑やかな雰囲気に圧倒されてしまい、口にしたい感想を言葉にすることはできなかったけれど、わたしはナナの言葉に頷いた。すると、どうしてかナナはわたしを見つめて、少しだけ残念そうな表情をした。

「そっかー。あきのんは買っちゃったかー」

その哀れむような表情の意味がわからず、わたしは眼を瞬かせた。

「あたしね、全巻、読めるところ知ってるんだよね。みんなにも教えてあげる。ホント、オススメだからさ」

ナナがスマホを操作すると、ポケットに入れていたわたしのスマートフォンが受信を告げた。みんなが一斉にテーブルの上へとスマホを取り出す。わたしも、グループメッセージに届いたリンクを確認した。そこを開くと、洒落《しゃれ》たデザインのウェブサイトに繋がる。流行コミックスの書影がいくつも並んでいて、一見すると、それは出版社や電子書籍サービスのウェブサイトに見えた。

「ここなら無料で読み放題だからさー」

ナナの言葉に、机を囲んだ女の子たちが嬉しそうに言葉を続けた。えー、ほんと？　あ、あたしもココ知ってる。マジ便利だよ！　わたしは唖然としながら、画面の端にチカチカと輝いている広告画像を見下ろしていた。焦る気持ちで、ランキング欄に並んでいる漫画のタイトルに眼をやる。誰でも知っているような有名作品から、うちの書店で棚挿しになっているようなマイナーな作品まで、無料で閲覧できるようになっていた。

呻くみたいに言葉を吐いて、わたしは訊《き》いた。

「これって……、本当に無料なの？　もしかして、勝手にアップロードされてるやつなんじゃない？」

わたしの質問に、ナナはスマホを操作しながら、面倒そうに笑って答える。

「ええ、知らなーい」

唖然としていると、ナナはスマホの画面を示しながら、みんなにそのサイトの使い方を説明しはじめた。

「漫画だけじゃなくて、小説もあったりするから、あきのんにもオススメだよ」

呆気にとられたまま、画面を見つめていた。ここに登録されているのは、明らかに違法にアップロードされた海賊作品たちだった。至るところに広告が表示されているのは、きっと、それがこのサイトの主な収入源であるためだろう。

「これ……、よく、ないよ」

みんなが感心の声を上げ、読みたい作品を探している最中、わたしはようやくの思いで言葉を振り絞った。

「よくないって？」

「だって……。ここって、海賊版サイトだよ。作者にも、出版社にも、無断で、誰かが勝手にアップロードしてるんだよ」

そしてあまつさえ、広告で収入まで得ようとしているのだ。

「えぇー、でもさ、ほら、別に違法なんかじゃないって書いてあるよ」

「そんな……」

法律のことは詳しくない。

けれど、商品を勝手にアップロードし、それで広告収入を得ることの、どこが違法でないというのだろう。書店で言うなら、万引きした本を大量に複製して売りさばいているのと同じことだ。そんなことがまかり通るなら、本を作る人たちや書店は、どうやって生活していけばいいのだろう。

ナナがスマホの画面に眼を向けながら、微かに唇を尖らせて言った。

「ほら、うちらお金持ちってわけじゃないんだからさ。タダですませられるのなら、そうする方が賢いっしょ」

「でも……」

どうしよう。みんなは嬉しそうにスマートフォンを掲げて、笑っている。

小学生だった頃に、似たようなことがあったのを思い出した。みんなが流行の携帯ゲーム機へと、違法に入手したゲームソフトをコピーして、それを自慢し合っていた。それは悪いことじゃないのかと聞いたら、男の子たちはお父さんがやってくれたことなのだから間違っていないと言い張った。最後には、わたしが携帯ゲーム機を持っていないから、それを僻《ひが》んでそんなことを言うのだと嗤っていた。気持ち悪い小説ばかり読んでる女は、嘘つきなんだって。

そっと唇を噛み締める。みんなは嬉しそうだった。ユイちゃんが検索フォームに作品のタイトルを入力して、気になっていた漫画をお気に入りに登録している。みんな、楽しそうだった。盛り上がっていた。ナナの言う通りかもしれない。空気の読めない真面目だけが取り柄の人間が、この雰囲気をつまらないことで壊してしまうなんて、愚かなことなのかもしれない。

それでも――。

「だめ、だよ」

わたしは、これでも書店の娘だった。

言いようのない理不尽さに抗《あらが》うように、わたしは辿々《たどたど》しく言葉を零す。

「これって、万引きと同じ、だよ。みんなが勝手に読んだぶん、せっかく作ってくれた本が売れなかったってことなんだよ。本が売れないと、続刊の部数が減っちゃって、続きが出せなくなっちゃうこともあるんだよ。売り上げが減ったら、漫画家さんたちだって、生活できなくなっちゃうよ。そうやって、商品を勝手に消費されたら、本屋さんだって潰れちゃうかもしれなくって――」

みんな、わたしを見ていた。

わたしは顔を熱くしながら、訥々《とつとつ》と語る。正直、誰の顔を見たらいいのかわからなくて、視線は彷徨《さまよ》った。誰の顔も、眼差しも直視できない。こいつなに言ってるの？　と空気を読めないわたしを嗤う眼を、見つけてしまうことが怖かった。

　スマートフォンを弄っていたリカが、視線を上げる。

　挙動不審みたいに彷徨うわたしの眼が、リカの鋭い眼差しとぶつかった。

　くすっ、とナナが笑う。

「そんな熱くなんなくてもさ、べつに、うちらが読んだ程度なんて影響ないっしょ？　そもそも面白い漫画なら、もうめっちゃ売れてるわけじゃん。売り上げとか？　そんなの気にしなきゃいけないようなつまんない漫画は、うちらがどうしようがどっちみち売れないんじゃないの。そんなの買わない人は買わないよ。こっちはタダだから読んでるわけで、読んでもらえるだけ感謝してもらわなきゃさ」

「それは……」

　自分だけ異端の声を上げることが、急激に恥ずかしくなった。

　どう反論したらいいのか、わからない。

「だいたいさ、お金のために漫画描いてるわけじゃないっしょ？　趣味で楽な仕事してお金入ってくるんだからさ。てか、今の時代、無料で漫画読めるくらい当たり前なんだから、こんなのでいちいちお金とられてもさー」

　なにか、間違ったことを言ってしまっただろうか。

　首筋に汗が伝い落ちていくのを感じる。視線を落としてスカートの端を握り締めた。どうしよう。また空気を壊すようなことを言ってしまった。

わたしたちがこうして不正に入手した作品の数は微々たるもので、売り上げには影響がない。本当に面白い本なら、既にたくさん売れているはずなのだから尚更で、そもそも売れていない作品なら、自分たちが不正に入手しようがしまいが関係なく、読んでもらえるだけ感謝してもらいたい。

彼女たちの言い分を胸の内で反芻《はんすう》させると、それにうまく反論できなかった自分が情けなくみっともなかった。確かに、それは微々たる差でしかないのかもしれない。万引きとは違って、書店が直接の打撃を受けるわけではないのかもしれない。そんなことを少しでも考えてしまった自分が愚かしい。

「まぁ、秋乃の家、本屋さんだからね」

そう言ったのは、リカだった。

彼女は、もうこの話はおしまいだというふうに、スマホを仕舞いながら言った。

「それよりさ、文化祭の接客シフトなんだけど、そろそろ決めようと思ってて――」

もしかしたら、気を遣ってくれたのかもしれない。リカの気遣いはいつもさりげないものだったから、注意しないとわからない。その優しさは嬉しかったはずなのに、それ以上に心を占めていくのは、この世界の理不尽さに対する反発と、言いようのない暗鬱な感情だった。

テーブルの下、握り締めていたスマートフォンのボタンを押して、スリープを解除する。すると画面の中で、数多くの漫画の書影が並んでいるのが見える。こうした海賊版サイトの話題は、これまでネットやテレビなどで見かけることがあった。それでも、こうして目の前でそれを平然と利用する人たちの姿を目の当たりにすると、衝撃は大きかった。やりきれない、と思う。沸き立つのは怒りよりも悲しさだった。どうして、わたしたちはこんなことを平気な顔でしてしまうのだろう。わたしたちは、たくさんの漫画、ドラマ、映画、アニメ、そして小説で物語に触れてきているはずだった。きっとそこには、いつだって人の心の美しさが描かれている。強さと、優しさと、思い遣りが込められている。それに触れて、わたしたちは心を震わせ、感動に涙を流したはずなのだ。

それなのに——。

物語は人の心を動かさない。

その醜い現実が、どうしようもなく、悲しかった。

＊

放課後、リカたちは文化祭実行委員の集まりに行ってしまった。

図書委員としての仕事もなく、わたしは誰もいない文芸部の部室で、ぼうっと窓の外へ顔を向けていた。風を呼ぶために開けた窓から、運動部の人たちのかけ声が響いてくる。

真中さんに会うための方法を考えるつもりだったのに、その意欲は既に消えかけていた。

だって、彼女の言葉は、どこまでも正しい。

世界はそれほど美しくはなく、物語はただのエンターテイメントにすぎない。

でも、それなのに、どうしてだろう。わたしはそれに反論する言葉を探している。

それがどこにあるかもわからず、どこにも存在しないのかもしれなかったけれど。

不意に、廊下の方から話し声が届く。

「小余綾に相談するべきだろう」

「あいつの答えはわかりきってる。やれって言うに決まってるんだ」

九ノ里先輩と、千谷先輩の声だった。

「それなら、お前はその話を書きたいと考えているのか？　俺はそれがいちばん重要なことだと思う」

「それは……」

扉が開き、先輩たちが入ってきた。九ノ里先輩は、わたしが一人で部室にいる様子に驚いたのか、眼鏡の奥の眼を僅かに細めた。

「先に来てるなんて珍しいな。今日は図書委員の仕事はないのか」

「あ、はい。そろそろ文化祭の準備で忙しくなるんですけれど」

「水越《みなこし》は生真面目だから、気疲れするんじゃないか」

いつもの席に腰掛けながら、珍しく九ノ里先輩は微かに笑った。

「あ、いえ、そんな……」

水越先輩のことを知っているらしい。考えてみれば、同じ学年ならどこかで接点があっても不思議ではないのだろう。そういえば、二人はどことなく雰囲気が似ていると思った。揃って眼鏡をかけて、気難しい顔をしている。

遅れて入ってきた千谷先輩の方は、なにか考え込んでいる様子だった。彼はまるでわたしの存在になんて気づいていないふうに、のろのろといつもの席に腰を下ろすと、鞄からノートパソコンを取り出して、すぐにキーボードを叩き始めた。カタカタと小気味よい音色に、わたしはぼうっとしたまま、暫く耳を傾けていた。

「なにか悩み事か」

その言葉に、どきりとする。声をかけてくれたのは、九ノ里先輩だった。

「あ……、いえ、そのう」

「小説のことではなさそうだ」

「どうしてですか?」

「ノートを開いていない」

確かに、取り出したノートは机の上で閉じたままだった。

「ええと……、その……」

まっすぐに見つめる眼鏡の奥の眼差しに、わたしは少しばかり気圧されたみたいに言葉を零していた。

「あの、物語は——、ただのエンターテイメントにすぎないんでしょうか」

耳に届いていた小さな音色が、ふと途切れた。

少しばかり、怪訝そうな表情で、九ノ里先輩が首を傾げている。

「あ、いえ、その、えっと、すみません、突然……」

けれど、わたしはこの胸の暗澹《あんたん》たる気持ちを、どうしても吐露したかったのだろう。

「その……、お昼休みに、あったことなんですけれど——」

その経緯について、わたしは先輩たちに訥々と語った。どうしても説明するのが下手で、要領の得ない話になってしまったかもしれないけれど、九ノ里先輩は黙って話を聞いてくれた。

「それで、わたしが悲しいのは……、わたしと同じ、本を読む人たちが、そんなことをしてしまうっていう事実なんです。きっと、彼女たちも漫画を読んで笑ったり泣いたり、感動したりするはずなんです。だからこそ、読みたいって強く思って作品を求めるはずなのに……。そういう人たちが、そんな行為をしてしまうって事実が……。とてもやるせなくて」

世界はそれほど美しいものではない。

その真実を前に、わたしは真中さんに伝えるべき言葉を、どうしても見つけられないのだ。

「成瀬は知っているか」九ノ里先輩は静かに告げた。「ある一つの海賊版サイトを通じてダウンロードされた漫画の被害額は、一年間だけで七百億円を超えるらしい」

「七百億円……?」

九ノ里先輩の語った金額に、耳を疑った。

「正確な数字ではないかもしれないが、正しいと仮定すれば、それだけ多くの人間が不正に入手した作品を読んだということになる。では、その利用者は具体的にどれくらいいるのか。ある海賊版サイトのユニークユーザー数は、月間で九千八百万人いるというデータがある」

「九千八百万人って……」途方もない数字に、うまく頭が回らない。「ええと……、その、日本の人口っていくつでしたっけ」

「約一億二千七百万人だ」九ノ里先輩はすらすらと答えた。「あくまでユニークユーザーであることに注意が必要だが、単純に計算すると、国民の約八割が利用していることになる」

わけがわからなかった。

九千八百万人。日本の約八割の人たちが、対価を払わず漫画を読んで楽しんでいる。作者が心血を注いだ作品を、なんの罪悪感も抱かず不正に入手しタダで読み耽る人たちが、九千八百万人もいるのだというその事実に、胸の奥が冷えるような感覚を抱いた。

「主に人気のある少年漫画が被害の中心らしい。きっとそこには、友情や努力、愛の尊さが語られていたのだろう。それを読んで、多くの読者が涙を流したことだと思う。けれど、自分たちの行いに関して、彼らは無頓着らしい」

どうして、だろう。

それらは、他人のものを無理矢理に奪い取る行為となにも変わらない。それで傷つき、迷惑をうける人たちがいるということなんて、ほんの少し考えればわかることだった。万引きで潰れる書店は数多い。わたしの家だって、いつ仕事を失うかわからない。不正にアップロードされた作品によって商品がネットに流通してしまえば、出版社や作家にとって致命的な打撃となるだろう。その行いで涙を流して嘆く人たちが多くいるはずだ。他人を思い遣るほんの僅かな感性があれば、それはわかることに違いなかった。

わたしたちは、これまで読んできた数多くの作品に、その感性を揺さぶられてきたはずではないのだろうか？　それなのに、どうしてみんな平然と笑ってそんな行いができるのだろう。物語を読むことで育まれてきたその感性は、いったいなんのためにある？　物語で得た感情は、なにもかも無駄でしかないのだろうか？　でも、そうだとしたら、わたしたちはなんのために物語を読んでいるのだろう？

これは、物語は人の心を動かさないという、紛れもない証左だった。

「物語に心を動かされ、涙を流したはずの人間が、次の瞬間にはもう、そんなことを忘れて生きている。きっと人間というのは、そもそもそういう生き物なのだろう」

「こういうサイトって……。なくなったりしないんでしょうか」

「運営する人間は、広告収入だけで二年間に三億円稼げるという話もある」

九ノ里先輩の言葉は、わたしに更なる衝撃を与えた。他人が苦心した作品を違法にアップロードするだけで、三億円のお金を稼いだ？

鼻を鳴らす音がする。黙っていた千谷先輩が、笑ったのだった。

「日本人のほとんどが利用してる国民的サイト様だぞ」彼は両手を広げて言う。「広告を出稿したい企業は山ほどあるし運営者だってボロ儲《もう》け、みんなは作品をタダで読めていいことずくめじゃないか。作家と文化が死ぬっていうデメリットはあるけど、誰もそんなところには眼を向けちゃいない。楽だよな。胃を痛めてプロットを作る必要もなく、徹夜して身体を壊しながら作品を仕上げる必要もなくて、印刷代も人件費だってかからない。ただ他人がそうして心を削って作ったものをアップロードするだけで、そんなの俺たちには関係ないって同意する一億人が利用してくれて、三億円近く稼げるんだ。そりゃ、続々とそういうサイトが生まれるに決まってる」

呆然とした思いを抱いて、九ノ里先輩に顔を向ける。

彼は静かに頷いた。

「これほどまでにニーズが高ければ、残念ながらこうしたサイトがなくなることはないと思う。俺も親戚の子から聞いたが、同じサイトが小学生の間で流行っているらしい。みんな嬉々《きき》としてそこを利用して、なんの悪びれもなく友人たちに勧めるんだ」

そう言って、九ノ里先輩は苦笑した。

「あの、でも、違法なら、きっと、いつかは捕まって、なくなるんじゃ」

「運営している人間も悪知恵が働く。日本の法律が届かない海外にサーバーを置くなりしていて、そううまく手を出せないのが現状だろう。なくなったとしても、また新たなサイトが現れていたちごっこになる」

「知ってるか、この問題に関しちゃ、むしろ出版社に対する批判の方が多いんだぞ」千谷先輩が肩を竦めて言った。「やれ、電子書籍のビューアーが使いづらいせいだからだとか、既存の収益モデルに問題があるせいだとかな。それが利用者の言い分なんだ。そもそも娯楽なんだからタダにしろだとか、金を払う価値がないからタダで読んでるだけだとか。不正にアップロードされた作品を閲覧するだけなら、法律の解釈によっては違法じゃないって開き直る人間もいる。まぁ、そのあたり、まだきちんと法整備されてないみたいだからな」

「そんな……」

生産者の構造問題は批判されるのに、当の犯罪者たちにはなんのお咎めもない。それは、万引きされる店舗に問題があると言っているのと同じではないのだろうか？　ビューアーが使いづらいから？　収益モデルに問題があるから？　それは、漫画のサイズが小さくて盗みやすいのがいけないと言っているようなものじゃないか。セキュリティの弱い書店に問題がある。盗みやすい漫画を作る出版社が悪い。だから、わたしたちは万引きをしていい。盗んで読んでいい。作者にお金を一銭も払うことなく、みんながそうしているのだからと、その行いで仕事と生活を奪われ、涙を流す人たちがいるのを横目に見て、笑っている。

物語を読んで、笑ったり、涙を流したりしながら。

それは、なんて醜い世の中だろう。

「そんなの……、同じ読者のすることだとは、思えないです……」

「でも、一億人が望んでることだ」

一億人。日本の人口の大多数。

わたしたちの総意。

「なぁ、成瀬さんは、物語はただのエンターテイメントにすぎないのかって言ったよな」

「はい……」

「ただの娯楽じゃ、だめなのかな」

「え──」

千谷先輩は、わたしの表情を窺うような眼差しで、言葉を続けた。

「この話を踏まえれば、読者様が望んでいるのは、結局のところただの娯楽だろ。物語でなにかを変えたり、人の心を動かそうとするなんて、それは誰も望んじゃいないことなんじゃないか？　みんなが求めてるのは、ただいっとき気持ち良ければいいだけの、現実逃避するための手段でしかない。みんながそれを求めているなら、もうそれでいいんじゃないか？」

「それは」

物語がどれだけ愛や勇気を語ったところで、それは人の心には届かない。

わたしたちは物語から、なに一つ学ぶことをしない。確かに、ひととき感動で心は震えるかもしれない。言葉に胸を突き動かされるかもしれない。涙を流して、明日から変われるような予感を覚えるかもしれない。けれど、そんなのはただの錯覚なのだろう。

世界はそれほど美しくなく、物語はただのエンターテイメントにすぎない。

そんなの、やっぱり、なにも言い返せないじゃないか——。

それが、ただただ情けなく、わたしはスカートの裾を握り締める。

けれど、訪れた沈黙を裂いたのは、九ノ里先輩だった。

「俺は——、物語が人の心を動かさないとは思わないよ」

そうまっすぐ告げる言葉に、俯かせていた顔を上げる。

どうして、そんなことが言えるのだろうと、不思議に思いながら。

それは千谷先輩も同じだったらしい。

「どうして、そんなことが言えるんだ?」

怪訝そうに眉を顰めて、九ノ里先輩に言葉を投げかけた。

彼は、わたしを見つめて、さも当然だというふうに断言する。

「簡単なことだよ。成瀬がそうして憤っているのは、かつて物語に心を動かされた経験があるからだ。そうだろう?」

それは、ただの偶然だったのだろう。

いつの間にか傾いていた陽は茜色に染まり、この狭い部室へそれが光のカーテンとなって射し込んでくる。九ノ里先輩が黴臭い本棚を背にしていたからかもしれない。視界に映る景色は、懐かしい記憶を鮮明に甦らせた。夕暮れの中の静謐な図書室。そこで綴られていた、わたしの心を確実に動かしただろう物語は、いつだって心の奥に染み付いている。

「物語が与える影響なんて、そもそも微々たるものなのかもしれない。けれど、中にはその優れた感性で、かけがえのないものを摑み取る読み手もいる。それは物語の力というより、作家から読み手に委ねられた力なのかもしれないと、俺は思うよ」

「物語じゃなくて……、読み手の力、ですか……」

「将来的に、作者を――、物語を殺すのは俺たち読者だ。このままだと、いつか漫画も小説も、誰も作らなくなるだろう。だから、そうはならないために……、読者であり続けるために、自分になにができるか俺も考えていきたいんだ」

「読者であり続けるために――？」

「この問題に対して、これから先、出版社も法律も変わっていく必要があるんだろう。けれど、本当に変えなくちゃいけないのはそこだけじゃない。本当に変わるべきなのは、俺たち読み手の意識だ。作家たちも闘っているんだ。俺たちにも、きっとできることがあるはずだよ」

「そうそう簡単に行くものじゃないだろ」

鼻を鳴らして、千谷先輩が言う。

すると九ノ里先輩は頷き、まっすぐに彼を見返した。

千谷先輩はその眼差しを受けて、すぐに眼を背けてしまったけれど——。

「知り合いに、闘っているやつがいるんだ。そいつの書く物語を読むと、俺もなにかしたくなるんだよ。間違いなく、心を動かされるんだ」

だから——。

だから、物語が心を動かさないなんて、間違いだよ。

九ノ里先輩は茜色の景色の中、厳かにそう告げた。

＊

数日後の金曜日、お昼休みに、図書委員の仕事をして過ごしていたときのことだ。

文化祭が近付いているせいなのか、図書室の利用者が減ってきているような気がする。

今日は柚木《ゆずき》先生がお休みで、他の図書委員の子も文化祭の準備とやらで仕事を押し付けられてしまった。それはわたしにとっては幸運なことで、こうして狭いカウンターに収まりながら、一人読書をして過ごす時間はたまらなく心地いい。それと引き替えに昼食を食べる時間を失って、購買で買ったパンを急いで囓《かじ》るという、味気ないものになってしまうのだけれど。

書店のカバーに包んだ、お気に入りのライトノベルの新刊に目を通す。

けれど、どうにも物語世界へ没入しきれない。この巻の主題が、高校進学と共に疎遠になってしまった友達との友情を描いたものだからなのだろう。どんな言葉、どんな描写を追いかけても、フラッシュバックのようにあのときの思い出が蘇《よみがえ》り、ときどき本を閉ざして壁時計を見上げては、息が詰まるような感覚に溜息を漏らした。

「あきのん」

何度目だったか、時計を確認しようと顔を上げたときだった。

カウンターの近くにあるテーブルに、ユイちゃんが腰掛けていた。少しこちらへ身を乗り出すような姿勢で、わたしに向けて小さく手を振っている。

高久結衣《たかくゆい》――、ユイちゃんとは同じクラスで、彼女がすぐにリカと意気投合したということもあって、入学式の当日から親しくしてくれている子だった。わたしとは正反対に、明るく人懐っこい性格で、髪をほんのりと染めスカートを短くした彼女は、控え目に言ってもわたしが苦手とするタイプに見えてしまう。この学校は、指定の制服さえきちんと着ていれば、スカートを短くしていてもあまり文句を言われない。それなりに偏差値が高くて成績の良い子が多いので、あえてそのあたりをうるさく言う校風ではないのだろう。

「ユイちゃん、どうしたの」

目をしばたたかせていると、彼女は立ち上がり、わたしのところへ歩み寄ってくる。

「ほら、リカたちは文化祭実行委員の集まりでしょ、でもさ、あたしは暇しちゃってて」

そう言って、あははと笑う。彼女の笑い方はいつもどこか印象的で、明るく朗らかに、そして照れくさそうに笑うのだ。

「あきのんはなに読んでるの？　難しい本？」

カウンターに手を付くと、彼女は身を乗り出して、わたしの読んでいる本を覗き込もうとしてくる。反射的に持っていた本を閉ざしてしまう。ユイちゃんのゆるくウェーブを描いた髪がはらりと落ちて、甘すぎる匂いが鼻をくすぐった。

「なんで隠すの。いやらしい本？」

カールした睫毛の下の眼は、ちょっぴり訝しげだ。慌てて言う。

「違う。その、いきなりで、びっくりして」

「ふうん？」

自分の読んでいる本がどんなものなのか、説明するのが躊躇われた。こういうとき、いつだって思い返すのは小学生のときの苦い思い出だ。

なんで、ライトノベル読んでるの――？

あのときの水越先輩の問いかけが、ずっと忘れられない。

口ごもってしまうわたしを見て、ユイちゃんはどう思っただろう。教えたくないと受け取ったのかもしれない。彼女はわたしのいるカウンターに小さなお尻を載せた。

「あきのん、お昼もう食べた？　あたしも食べたんだけどね、食べ終わったら終わったで、もう時間持て余しちゃってさ。どうしようかなって思ったんだけど、図書室に行ったらあきのんがいるなって思ってさ」

矢継ぎ早に声をかけられ、どう返答したらいいのか、迷ってしまった。

呆《ほう》けたようにして彼女を見返すわたしを、ユイちゃんは肩越しに見てにこりと笑う。それから、わたしの反応なんてまるでお構いなしに話を続けた。ね、その本はなんて本なの。あきのんは小説が好き？　あ、だから文芸部にいるんだよね。小説を書いているんだよね。すごいよね。どんな話書くの？　レンアイ小説？　っていうか文芸部って普段はなにしてるの？　みんなで顔をつきあわせて小説を書いていたりするわけ？　ほら、漫画家さんってそうやって仕事してるらしいじゃん。アシスタントとかが机に並んで、黙々と仕事してるんでしょ。漫画で読んだことあるよ。

マシンガンみたいに、一方的にまくし立ててくる。

「えっと、その……。文芸部は、そういうことは、あまりしないの。みんな、本を読んでることが、多いかも……」

「あはは、なにそれ面白そう。っていうか楽しそうだね。漫画とかも読んでいいの？」

「漫画は、読まないと思う」

九ノ里先輩は、いつも難しそうな本を読んでいる。たぶん一般文芸の本か、昔の純文学とかだろうと思うけれど、わたしはそういうのはぜんぜんわからない。千谷先輩は、あまり本を読んでいるところを見かけない。ノートパソコンを開いて顔を顰めているときばかり眼につく。小余綾先輩は、いつもいろいろな本を読んでいる。恋愛小説や推理小説、ときにはなんらかの専門書の類まで。魔女狩りの歴史を解説した分厚い本を読んでいるときなんかがあって、小説を書く際の資料にするのだと教えてもらったことがある。

「ユイちゃんは……、小説よりも、漫画が好き？」

「そりゃね、もちろん」

ユイちゃんは頷き、脚をぱたぱたと揺らしながら、好きな漫画のことを語った。読んでいる雑誌のことだとか、少女漫画より少年漫画の方が好きだとか、追いかけているコミックスだとか、その続刊の展開が気になって仕方がないだとか、週刊雑誌を買う余裕がないから、自分は単行本派なのだとか、中学時代の友人にはお兄さんがいるから、雑誌をお下がりで読めるのが羨ましかったとか、あたしにも兄姉が欲しかったとか、そんな話を饒《じょう》舌《ぜっ》に語った。

どうして、わたしたちはこんなにも違うのだろう。彼女の笑顔を見ながら、愕然と思う。

物語を読んで生きていることは同じなのに、どうしてこんなにも違うのだろう。どうしてわたしは自分の好きな小説のこと、胸を張って語れないのだろう。好きな小説や、追いかけているレーベルとジャンル、そしてキャラクターたちのこと、どうしてこんなふうに熱く語ることができないのだろう。だって、たぶん胸に秘めている熱は同じはずなのだ。

「ユイちゃんは、小説は読まないの？」

やっとの思いでそんな言葉を発すると、彼女はうーんと声を上げて、カウンターに腰掛けたまま、数多く並んだ書架の方へと視線を向けた。その横顔を見上げると、考え込むように眉根を寄せているのがわかる。

「小説かぁ」

「難しそう……、とか？」

「難しそう、というか……。なんだろう、漫画と比べちゃうとなぁ」

彼女は首を捻って考えたあと、おかしそうに笑った。

「だってさ、小説って、文字だけなんだもん」

「文字を追って、想像するのが難しいっていうこと？」

小説は、そういった理由で敬遠されてしまうイメージがあった。

ところが、ユイちゃんはその問いかけを否定する。

「ううん、そういうことじゃないよ。えっと、うまく言えないんだけれど」

彼女は指先に髪の毛先を巻き付けて、うんうん唸った。どう説明するべきか迷っているらしい。わたしは彼女を見上げたまま、その返答を待った。

「えっと、ごめん、あたしの勝手なイメージなんだけどさ」

ユイちゃんはそう笑って、自分の思い出を整理するように、これまでの勢いのある話しぶりとは打って変わって、訥々と話し出す。

「漫画ってさ、描くのすごい大変そうじゃん。あたしね、漫画家が主人公の漫画にハマったことあって、あ、さっきも言ったか。とにかく、それで知ったんだけれど、漫画家さんってアシスタントがいて、何人かで作業してるんだって。人手がかかるわけだ。それで、お話を考えるだけじゃなくて、絵もうまくないとだめなわけじゃん。そんで週刊連載とかだと寝る間も惜しんで作業するの。うーんと、それでね」

ユイちゃんは、思い出したように人差し指を立てて言った。

「中学のときに、たまたまテレビで見たことがあるわけ。ナントカって有名な小説の賞をとった人のドキュメンタリーみたいなやつだったと思う。何作も書いてる人らしいんだけどさ、あたしはぜんぜん知らなくて、名前も忘れちゃったんだけど、えっと、その人はね、普段は会社員なんだって」

話の方向性がよくわからず、わたしは黙ってまばたきを繰り返す。

「なんか小説家って、兼業？　売れない芸人みたいに、普段は本職の仕事をしてて、空いた時間で小説を書いてる人が多いんだってさ。それで、よくよく考えてみると、芸能人とかが小説を書いて、それがすごい話題作になっちゃってるとかよく聞くでしょう。要するに、みんな片手間にやってるわけだよね。でもさ、漫画は違うの。大勢の人が、ものすごい時間と労力を注ぎ込んで作ってるわけで、片手間にできることじゃないと思う。ほら、小説と違って、芸能人が漫画家デビューしましたって話とか、ぜんぜん聞かないじゃん」

わたしはユイちゃんの話を、半ば呆気にとられた思いで耳にしていた。

「だから、えっと、ごめん、悪く思わないでね。あたしの勝手なイメージだから。それに比べちゃうと、小説ってなんか、みんなが片手間にやってて、誰にでも作れそうな印象っていうか……。同じお金を払うなら、やっぱり、大勢の人がたくさんのエネルギーを消費したものに注ぎ込みたいっていうか……。えと、ごめん……、あきのん、怒った？」

「ううん……」

わたしは慌ててかぶりを振る。呆気にとられたまま開いていた口を、慌てて閉ざした。

わたしが唖然としていたのは、小説を貶《けな》されたように思って気を悪くしたからというわけではない。むしろまったくの逆だった。ユイちゃんの話の観点に、驚きと真新しさを覚えたのだ。漫画と小説の違いをそんなふうに捉えたことなんて、これまでになかったことだった。

千谷先輩が事あるごとに語る話によれば、小説家というのは売れない職業らしい。それはきっと漫画家もそう変わらないと思うけれど、本業の片手間に作業をしやすいのは、明らかに小説の方だろう。雑誌連載に追われる漫画家が、日中は会社で働くなんてまったくイメージできないし、作業量的に不可能だと思う。しかし、千谷先輩曰く、小説家はそれが普通なのだという。将来、作家デビューすることがあれば、そのときの仕事を決して辞めてはならない、と口を酸っぱくして何度も言うほどだ。

それに、作家デビューする芸能人はいても漫画家デビューする芸能人はいないという話も、確かになるほどと思えてしまって面白い。小説を書き上げるのに技術は必要ないが、漫画を描くのには技術も労力も必要なのだと、そう証明する論拠になってしまいそうだった。小説と漫画では、作品に注ぎ込まれた熱量にそれほどの違いがあるのだと、そう告げられてしまえばまったく反論ができなくなってしまう。

小説を書く人間として、それは確かに悔しい事実だった。けれどその反面、そう語るユイちゃんの感性は、わたしの中に新しい視点をもたらしてくれたような気がした。リカという輪を囲んでいたときには気づかなかった、彼女の意外な一面を見たような気がする。世界を読めていないな、なんて、漠然と感じた。

「すごいね」わたしは素直に言った。くすくすと、笑ってしまいながら。「ユイちゃんの話って、もっともな感じがする。わたし、そんなふうに考えたことなかったよ」

「ごめん。好きなもの貶すように言っちゃって」彼女はカウンターから腰を落とすと、わたしの眼前に屈《かが》んで、ぺたんと両手を合わせた。「そういうつもりじゃなかったんだけれど、なんか説明しようとするうちに、そんな空気になってしまったというか！」

「大丈夫だよ」

わたしは、彼女のその仕草を可愛らしく思って、くすりと笑う。

「あきのんは、どうして小説が好きなの？　漫画じゃなくて、小説なのはどうして？」

「えっと……」

漫画じゃだめなの？　ライトノベルじゃないとだめなの？

どうしてだろう。わたしは、漫画も小説も好きだ。どちらが優れていて、どちらが劣っているなんて、考えたことはない。それでも、どちらか一つ好きな方を選べと言われたら、小説を選ぶだろう。でも、そうする理由って、なんなのだろう？

「それじゃ、小説を書いてるのはなんで？　漫画家になろうとは思わないの？」

答えられずにいると、ユイちゃんはぐっと顔を寄せて、わたしの眼を覗き込んできた。それは悪意ある質問ではなく、純粋な好奇心からくるもののよう。茶色い眼を宝石みたいにきらきらと輝かせて、わたしの答えを待っている。

「なんでだろう……」

その無邪気な瞳に屈するみたいに、無理矢理言葉を吐き出したけれど、出てきたのは我ながら情けない返事だった。

「けれど……、小説にだって、いいところ、たくさんあるんだよ」

負け惜しみみたいに、そう付け足してしまったのは、きっとわたしが小説を好きな証なのだろう。

「それじゃ、なんかオススメ教えてよ。難しくなさそうなやつ」

「やっぱり難しいのはだめなんじゃない」

「いいじゃん。ここにあるやつにして。なにか借りていくからさ」

「うーん……」

自分の趣味に興味を持たれるというのは、純粋に嬉しいことだった。こんなお願いをされるのは初めてで、少しばかり気恥ずかしいけれど、そんなふうに言われてしまったら、なにがなんでも彼女に小説の面白さを知ってもらいたいと思ってしまう。

わたしは立ち上がり、ユイちゃんを促すようにして書架の方へと歩みを進める。

「その……、ライトノベルとかでも、大丈夫かな」

「なんでもいいよ。あきのんが好きなやつでさ」

そう言われても、難しい。小説の初心者が読むような本って、どんなものだろう。

「学校が舞台で、恋愛要素が入ってる方がいい？」

「恋愛より、熱いやつがいいかな。バトルモノとか、スポ根とか」

そうか。少女漫画より少年漫画が好きだと言っていたんだ。

わたしは彼女が好きだと言っていた週刊漫画雑誌を思い返す。掲載されている漫画の中には、わたしが読んでいるものもある。それらと似たような雰囲気がいいだろう。

いくつか勧めたいタイトルがあったけれど、残念ながらここの書架に収まっているものとなると、ほんの数冊に限られてしまった。少しばかり吟味して、一冊を抜き出す。

ユイちゃんは、その本を気に入ってくれたようだった。あらすじを読んで、「面白そうかも」と声を弾ませてくれた。わたしはその表紙に眼を落とす彼女の笑顔を見ていた。

「うん、これ読んでみたい」

知らなかったな、と思った。

長い時間、近くにいたのに、彼女がどんな物語を読んで、どんなことに心を弾ませてきたのか、わたしはなにも知らなかった。ずっとページを捲っていたというのに、眼は文字を追いかけるだけで、たくさんのことを読み飛ばしてしまっていたみたいだ。

貸し出し手続きを終わらせて、ユイちゃんに本を手渡す。その仕事は、わたしにとってはいつも繰り返している何気ないやりとり。でも、ユイちゃんにとって、それは特別なものになったらしい。

「ここで本を借りたの、初めてだ」

小学校でも、中学校でも、学校の課題で利用するほかに、図書室で自分が読みたい本を借りた経験がないらしい。そんな人もいるんだなと意外に思えた。それなら、わたしはユイちゃんが読みたいと思った本を貸し出す人間の、記念すべき第一号だ。他愛《たわい》のないことかもしれないけれど、いつの間にか自分の口元が綻んでいるのに気づいた。

ユイちゃんは受け取った本を見下ろし、少しだけ言いにくそうに告げた。

「あのね、あきのんさ」

「なに？」

その声が少しだけいつもと違うように聞こえて、わたしは首を傾げた。

「ううん」ユイちゃんはかぶりを振った。かけていた鞄の中に小説を仕舞うと、照れくさそうに笑って言う。「この前のこと、ごめんね。そんで、ありがとう」

「この前のことって？」

「さっき話したでしょ。漫画家が主人公の漫画、好きでハマったことあるって」

「うん」

「それ読んで感動して、自分も熱くなって、なにか頑張れるかなって……。そんなふうに思った気持ち、思い出した」

いつも明るく、はきはきとした声で話す彼女は、そのときばかりは、少しだけ恥ずかしげで、いつもと違うはにかんだ笑顔だった。

「だから、悪いことはもうしません」

両手の人差し指を交差させて、ばってんマークを示しながら、ユイちゃんはぺこりと頭を下げる。その仕草が可愛らしく見えて、わたしは笑って頷いた。

「仕事の邪魔したら悪いから、そろそろ行くね」

「あの……」

もう少し、彼女と話をしていたいなんて思って、小さな声が唇から零れる。

「なぁに？」

首を傾げるユイちゃんに、わたしは勇気を出して、たった一言だけ告げた。

「感想……、聞かせてね」

にこりと笑った彼女の後ろ姿が消えるのを見守り、どくどくと鼓動を打つ胸に手を置く。掌は、少しだけ汗ばんでいた。どうしてだろう。こんなふうに誰かと話をするのは、随分と久しぶりなように思えて、心が温かく昂揚《こうよう》するのを感じる。大丈夫だ、と漠然と思った。

物語は、きっと、ただのエンターテイメントなんかじゃない。

＊

午後にも図書委員の仕事があったのだけれど、お昼に仕事を代わってあげた子が、押し付けてばかりじゃ悪いからと、受付の役目を引き受けてくれた。好きでやっていることではあるのだけれど、せっかくだから厚意に甘えて文芸部へ足を向けることにした。

ところが、珍しく文芸部の部室は施錠されていた。普段は九ノ里先輩が鍵を開けてくれているみたいなのだけれど、こういうのは初めてだ。今日は授業が早く終わったのだけれど、二年生はまだなのかもしれない。

先輩たちに相談したいことがあったから、少しばかり当てが外れてしまう。

お昼休みにユイちゃんと話をしてから、真中さんに会いたいという気持ちが、この胸でより強く高まっているのを感じた。自分にその資格があるのかわからないし、会ってどんな声をかけたらいいのか見当もつかないけれど、このモヤモヤとした気持ちを晴らすには、彼女に直接会うしかないのだろう。

部室の前で待つことも考えたけれど、わたしの足は中庭へと向いていた。せっかく暖かな天候が続いているのだから、ベンチにでも腰掛けて作戦を練るのもいいかもしれない。それに、もしかしたら、そこへ行けば千谷先輩に会えるかもしれないという淡い期待があった。ときおり、先輩の姿をそこで見かけることがあるのだ。

けれど、辿り着いた中庭でベンチに視線を向けると、そこに腰掛けていたのは、わたしにとって想定外の人物だった。

小余綾先輩だ。

一人木陰のベンチに腰掛けて、どこか呆けたように空へと顔を向けている。その物憂げな横顔の美しさは、見る者の時を暫し止めてしまう効果があるらしかった。ベンチから離れた場所で立ち止まり、遠目に彼女へと視線を投げかけている人たちの姿すら見える。夏を引き摺る空の眩しさの下、さわさわと風に揺れる木漏れ日に、小余綾先輩は絵画のようにそこに存在していた。声をかけることが、躊躇われてしまう。

引き返そうとしたとき、風が強く吹いた。先輩はそよぐ風に横髪を押さえ、わたしの方に視線を向けた。すると、わたしに気づいてくれたのか、彼女は表情を和らげ、にこりと微笑んだ。手招きされて、わたしは誘われるようにそこへと近付いた。校舎や樹木の陰になっていて、思っていたより涼しいところだ。

「こんな場所で奇遇ね。お散歩？」

「ええと、そんなところです……。その、部室が閉まっていたもので」

「あら、そうなんだ。うん、そうかもしれないわね」

小余綾先輩は、部室へは足を運ばなかったらしい。でも、納得したように一つ頷く。わたしが不思議そうな顔をしていると、先輩は説明してくれた。

「千谷君は用事があってすぐに帰ってしまったし、九ノ里君は文化祭関係の集まりがあるみたいなの。きっと、成瀬さんには図書委員のお仕事があると思って、部室を開けておかなかったんじゃない？」

そういえば、金曜日はあまり部室に顔を出したことがないかもしれない。それから、少し疑問が湧いて訊ねた。

「小余綾先輩は、ここでなにをしているんですか」

「うーん、わたしはね、考え事かな」

思えば、こうして文芸部の部室の外で、しかも小余綾先輩と二人きりで会うことは、これまでなかったように思う。

「小説のことですか？」

「そうね。まぁ、そうなるわね」

小余綾先輩は首を傾げ、どこかくすぐったそうな表情をした。

「成瀬さんは？　なにか悩んでる顔してる」

九ノ里先輩と同じようなことを言う。そんなにわかりやすい表情をしているつもりは、ないのだけれど。とはいえ、渡りに船かもしれない。

「ええと……、その、良かったら、聞いてくれますか？」

「ええ、もちろん」

先輩はそう快諾してくれたけれど、ちらりと左手首の腕時計に眼をやったのが見えた。

「あ、でも、お時間がないのなら、今度でも……。なにかご予定があるんじゃ」

「大丈夫」彼女はにっこりと笑う。「夜にね、出かける用事があるんだけれど、まだまだ時間はあるから。ほら、いったん帰宅してまた出かけるまでに時間が空きすぎると、中途半端な感じになっちゃうでしょう。寛《くつろ》ぐわけにもいかないし、けれど、シャワーを浴びて着替える時間も考慮すると、時間がなさすぎても困るしで、ここでちょっと調節していたところ」

なんだか今日の先輩は饒舌で、機嫌がいいように見えた。

「もしかして、デートですか」

そう問うと、先輩はくすっと吹き出すようにして笑った。

「まさか。でも秘密」

人差し指を唇に押し当てる仕草がとても絵になっていて、どきりとする。

「ほら、わたしの話はいいから。成瀬さんの相談を聞かせて」

わたしは小余綾先輩に促されて、彼女の隣に腰を下ろした。

そうして、自分が考えるべき問題について、訥々と説明した。

真中さんという親友のこと、街で見かけただけの彼女を、探し出す方法のこと——。

「なるほど。それは少し、難しい話ね」

話を聞き終えた彼女は、ちらりとわたしに眼を向けて、唇を尖らせた。

「すみません。なにかいいアイデアはないかなと思って、ダメ元で」

「謝ることないじゃない」先輩は上品な仕草で笑った。「そうね。でも、そうなると、成瀬さんがその子を街で見かけたときの情報に頼るしかないかもしれないわね」

「でも、制服の校章とかは、よく見えなくて」

「他に覚えていることはない？　なにか意外なことがヒントになるかもしれないわ」

「テレビのミステリみたいに、ですか？」

なんとなく、この前に見たドラマのミステリで、探偵が意外な情報から犯人を割り出してしまうシーンを思い出してしまった。小余綾先輩は笑って頷く。

「そうね。名探偵のようにはいかないけれど、なにか名案が出てくるかも」

「先輩は、ミステリがお好きなんですか？」

「ええ、好きよ」

にこりと笑って、彼女は頷く。わたしはといえば、推理小説はまったく読まないので、詳しくない。名探偵の姿を目にするのは、もっぱら漫画やドラマの中でだ。

「そういうのって、どんなところが好きなんですか？　アリバイのトリックとか、意外な犯人に驚いちゃうところとか？」

「うーん、普通の人はそういうところが好きなのかもしれないけれど、わたしはちょっと違うかな。うまく言えないのだけれど……、わたしって、普通の人とは違う読み方をしちゃってるかもなって、そういう自覚があるのよね」

先輩は、わたしではなく、まっすぐに前へと眼を向けた。

「一言で言うのなら——、名探偵の眼差しが好きなのよ」

「眼差し？」

彼女が見ている先には、取り立ててなにがあるというわけではない。中庭を通り過ぎて、雨風に晒された校舎の壁面が見える。並んだ硝子窓から、廊下を楽しげに歩いていく生徒たちの姿が覗けた。

「名探偵の――、彼らが見て、感じるものって、わたしたちとは違うでしょう。普通の人が気にもしていないものを見逃さず捉えて、手がかりにしてしまう。普通の人が聞き逃してしまう事実から、隠れた人の想いを見つけ出す。そういう大切なことを見逃すまいとする眼差しが、尊いなって」

　わたしが難しそうな表情をしていたからかもしれない。小余綾先輩は、はたと気づいたようにこちらに眼を向けた。

「ごめん、ちょっと要領を得ない話よね。いつも、説明するのが難しいのよ。そうだ。あのね、小学生の頃にね、星を見たいと思ったの」

「星、ですか？」

　唐突に、話が変わったような気がした。

「読んでいた本の中で、中学生の女の子が、天体観測をするシーンがあって……。それで、わたしも星を見たいなと思ったの。運命的なことに、ちょうど、しし座流星群を観測できる日だったの。しし座流星群、見たことある？」

「確か、ペルセウス座流星群なら、小さい頃に夏休みの観測会で……、あまり、覚えていないんですけれど」

「ああ、いいわね。観測会かぁ……。それもすてきでしょうね」

　先輩は頷き、空を見上げた。

「わたしの家は、ちょっと古くさくて厳しいのよね。そういうのに、なかなか参加させてもらえなかったの。けれど、そのときはどうしてもしし座流星群を見たいと思った。近所に星を見るにはうってつけの丘があって、どうしてもそこから眺めたかったのよ。それで父に頼んだのだけれど、父はそんなものにはまるで興味がないし、子どもを夜に歩かせるはずもない。でも、粘り強くなんとか食い下がって、姉さんと一緒なら行ってきていいって言われたの」

「お姉さんがいらっしゃるんですね」

「ええ」先輩はどこか上の空で答えた。青空に眼を向けたまま、続ける。「残念なことに、その日は曇り気味で、絶好の観測日和とは言いがたかったんだけれど……、でも、ほんの一瞬、まばたきをすれば見逃してしまうほどの一瞬に、ときおり空を駆け抜ける小さな光が、わたしにはとても美しいものに見えた」

けれどね、と眼を落として、先輩は続ける。

「姉さんには違って映ったの。首を上げるのも痛いし、眼をこらして空を見つめ続けるのも退屈で、寒空の中でどうしてこんな思いをしなくちゃならないのかって、散々愚痴をこぼしていたわ」小余綾先輩は、くすくすと笑う。「たまに星を見つけても、なんだこんなものか、わざわざ見に来る価値なんてないじゃないのって」

不思議なものでしょう。先輩は、そう零した。

「流れ星が、夜空を横切る。それを美しいと感じる心もあれば、退屈でくだらないと思う心もある。その光に声を上げてはしゃぐ人たちもいれば、わざわざ外に出てまで見る価値なんてないと感じる人もいる。そこには、ただ宇宙の塵《ちり》が流れたという事実があるだけで、それをどう感じて受け止めるかは、きっと人の心の在り方に左右されるのでしょうね」

先輩の眼差しに、つられたのかもしれない。

わたしはいつの間にか空を見上げていた。青く眩い空だった。それは、わたしにとっては居心地の悪さを感じるくらい、ぎらぎらとした空だ。けれど、この空を見て違う想いを抱く人は必ずいる。わたしが空を眺めてそう感じるのは、わたしの心の在り方を反映してのものなのだろう。

少し、繋がった気がした。

「それが、名探偵の眼差しですか?」

「そう。同じものを見ても、捉え方は人それぞれだけれど……。それでも、可能な限り、美しいものを見逃さないよう眼をこらしていたいし、大切な声を聞き逃さないように耳を欹《そばだ》てていたい。わたしはいつも、自分がそう在りたいと願うの」

推理小説の探偵を見て、そんなふうに感じるなんて――、まさしく、一つの事実からなにを捉えるかは、千差万別ということなのだろう。けれど、それでも先輩は、首が痛む思いをしても空を見続けたいと願うのだろうし、寒空の中で宇宙の塵が降るのを待ち続けることができるのだ。そんなことは馬鹿馬鹿しいと嘲る声があるのだとしても、それを美しいと感じる心を大切にしたいと願っている。誰かの声に耳をすますことを、尊い行いだと思っている。

それは、なんだか、真中さんが語ってくれた、世界の行間を読むという話にも、どこか通じるところがあるような気がして――。

「すてきですね」

「ありがとう」

小余綾先輩はわたしに顔を向けて、にっこりと頷いた。こんな綺麗な人に至近距離で笑いかけられると、気恥ずかしい。

「そうだ。それなら、先輩は推理小説を書かれたりするんですか？」

問うと、彼女は少しばかりくすぐったそうな表情をして笑った。

「どうかしら。わたしは、そんなところをミステリの本質として捉えてしまう人間だから、そういったものを書いたとしても、謎解き要素が薄いなんて読者に言われてしまうかもしれないわね」

と、彼女はまるでそんな結果を見てきたようにくすくすと笑う。

「そうだ。話が脱線しちゃったけれど……。そのお友達を街で見かけたときのこと、他に思い出せない？」

そういえば、そんな話をしていたのだった。

「ええと……。どうでしょう。特にこれといったことは……」

「それじゃ、その子は一人だったの？　お友達と一緒？　何人だった？　同じ学校の子といたの？　制服はブレザー、セーラー服？」

急に立て続けに問われて、わたしは目を白黒とさせた。

「その……、ええと、確か、友達と一緒に、三人で歩いているところで」

「同じ制服だった？」

「はい。同じ学校だと思います。あ、でも……」

訥々と、そのときのことを思い出しながら語った。

小余綾先輩は、人差し指を顎先に当てながらわたしの話を聞いていたが、やがて一つ頷いて微笑んだ。

「ううーん、それなら、いろいろと範囲を絞れるんじゃない？」

「絞れるって、どういうことですか？」

「だって、同じエンブレムの制服を揃って着ていたのに、カーディガンやスカートはそれぞれ違っていたのでしょう？　下校する際に、靴下にワンポイントを入れたくて履き替える子はいるかもしれないけれど、三人そろってカーディガンやスカートまで着替えるなんて考えにくいわ。そうなると、校則である程度の服装が指定されていて、それでもスカートやカーディガンが自由なところに限られるじゃない」

「あ、なるほど……」

服装から推理できる校則で、学校を特定しようというわけか。

「私服でもいいという学校は珍しくないけれど、同じ校章のブレザーだけ指定されていて、スカートやカーディガンが自由というところなんて、都内じゃそう多くないと思う。そのお友達、賢い子？　ここより偏差値が高いところに入れると思う？」

「ええと、そっか……、はい、わたしより、ずっと頭のいい子でした」

「それなら、心当たりがあるかも」

すると小余綾先輩はスマートフォンを取り出し、なにやら検索を始めた。某学園のウェブサイトを表示させて、制服に関して説明されているページをわたしに示す。女子のブレザーは学校から指定されているが、リボン、ネクタイは自由、下半身はスカートなら可とあり、逆に男子の方には上から下まで揃って制服が指定されているようだった。

ともあれ、そこに映っている校章のエンブレムは、遠目で見たので断言はできなかったけれど、わたしが見たものと同じように思える。

「ここ、友達が通っているのよ。名前を教えてくれたら、その子が在籍してるかどうか、すぐ調べてもらえると思う」

まさしく漫画で描かれる名探偵みたいに、小余綾先輩はわたしが思い悩んでいた問題を、あっさりと解決してしまったのだった。

＊

そして、金曜日。

某新人賞授賞式の当日がやって来た。

こうした新人賞の授賞式というのは、それぞれの出版社で年に何度か行われており、その出版社と関わりを持っている作家に招待状が送られてくる。僕は『帆舞こまに』として本を出すまで、ここの出版社とは繋がりがなかったから、顔を出すのは今回が初めてだった。対して、この新人賞は不動詩凪がデビューした賞である。彼女はここのところ公の場に顔を出すことを控えているようだったが、流石にこの授賞式には出席するつもりらしかった。式は午後六時半から某ホテルにて始まる。学校が早めに終わったので時間が中途半端に空いてしまったのだが、雛子のところへ着替えと本を持って行き、他愛ない雑談を交わしていると、瞬く間に時間が迫ってしまった。慌てて病院を出ると、僕は待ち合わせの駅で電車を降りた。相手は、小余綾詩凪である。河埜さんから、彼女を会場まで送り届けるようにお願いされていたのだ。

様々な理由から、不動詩凪は熱心なファンや悪意ある人間に付け狙われている。そのため、彼女は外を歩く際には帽子と眼鏡で変装することを余儀なくされているくらいだ。新人賞の授賞式というのは、会場や日時の情報が秘匿されているわけではない。調べようと思えば調べられるし、待ち構えるのも簡単だろう。実際に、一度そういうことがあったのだという。そういうわけで、僕は彼女のボディーガードを仰せつかったというわけだ。

待ち合わせ場所となる駅は、小余綾が現在住んでいるマンションの最寄り駅である。いったん改札を出て、券売機の向かいの辺りで佇んでいた。約束の時間の三分前になったが、小余綾の姿は見えない。引っ越し先や学校までは熱心な人たちに発覚していないはずなのだが、妙にそわそわとしてしまう。

今日も相変わらず、季節外れの真夏日が続いていた。地球は滅亡するのだろうか、などと想いを巡らせて汗を拭ったとき、階段を上がってこちらに駆けてくる人影に気がついた。約束の時間丁度だった。

「ごめんなさい。この気温だから、服を選ぶのに時間をかけてしまって」

僕の前で立ち止まり、胸元に手を置いて呼吸を整えているのは、もちろん、紛れもなく小余綾詩凪だった。そう、小余綾詩凪だったのだが——。

「お、おう……」

小余綾は、その華奢《きゃしゃ》な身体をワインレッドのドレスで包んでいた。オフショルダーになっていて、丸みを帯びた白い肩と浮き出た鎖骨が覗いている。髪型は丁寧に編み込んだアップスタイルで、垂れたサイドの髪や後れ毛が装飾品のように彼女の小さな顔を飾っている。ヒールのある靴のせいか、その背丈も纏う雰囲気も、いつもとまるで違っていた。

「なんだ君は……。結婚式の二次会に行くお姉さんか?」

「なによ。似合ってない？」

小余綾は顔を顰めて、僕を睨んだ。身体の側面を向けて小さく鼻を鳴らす。

「いや、似合っていないことはないんだが……」

むしろ超似合いすぎでしょう。

なんなの美人すぎない？　ミスコンに輝いた大学生のお姉さんなの？　僕の語彙力が崩壊してしまってどう形容したらいいのかまるでわからない。

「でも、なんか、その、浮きそうだな……」

経験上、授賞式には、そんな畏《かしこ》まった格好をしている人たちは多くない。だらしない格好でやって来る作家や、いつも通りのスーツでやって来る出版社の人たちの方が眼につく。まぁ、まるでいないことはないから、べつにおかしくはないのだろうけれど——。

「いいでしょう。こういう機会でもないと着られないんだから」

小余綾は不服そうな表情で肩を竦めた。思わず、剝《む》き出《だ》しの肩の丸みに視線が釘付《くぎづ》けになってしまう。僕は深淵《しんえん》たる謎を垣間見た。こういう服を着るときの女の子はブラジャーをどうしているんだ？　ノーブラか？　今読んでいる推理小説の結末より気になって仕方ない。

「なにじろじろ見てるのよ」

「いや、なにも見てない。箔押《はくお》しされた装幀みたいだなと思っただけだ」

「ああ、見とれちゃった？　まぁ、今日くらいは構わないわよ。一緒に電車に乗ってあげるんだから、その栄誉を噛み締めてちょうだい」

「人間が書けてない子さんは本当に自己評価高すぎだな……」

実際、思わず視線を引き寄せられてしまうのだから、仕方ない。主に首回りに。

僕の眼差しに気づいてか、彼女は悪戯っぽい笑みを浮かべて片手を差し出した。

「良かったら、腕を組んで歩いてあげましょうか？」

「ばっ、な、なにを仰ってるんですか」

慌てて顔を背けて抗議すると、小余綾は機嫌良さそうにくすくすと笑った。

「冗談よ」

一ミリくらい本気にしてしまうからやめてほしい。傍らの彼女を意識すると、どうにも心臓の調子がおかしくなる気がする。僕は改札の真上にある時計に眼を向けた。

「と、ともかくだ。さっさと行こう」

小余綾を連れて改札を潜り、階段を降りた。コツコツとヒールの音が鳴っている。あまり慣れていないのか、彼女の歩く速度はいつもより遅かった。置いていかないようにホームを歩いて、滑り込んできた電車に乗る。車内はあまり混んでおらず、何席かが空いていた。けれど僕はドア近くの隅に立って、手摺《てす》りに背中を預けた。二人並んで腰を下ろすのはどうにも気恥ずかしかったし、小余綾は嫌がるかもしれないと思ったのだ。

「君は座ってろよ」

小余綾は僕の傍らにやって来て、手摺りを摑んでいた。

「別に、大丈夫」

「そうか」

電車に揺られている間、僕はしばしば小余綾の顔を盗み見ていた。なんだろう。普段と違う服装と髪型のせいだろうか。いつも黙っていれば美人だなと思うのだが、今日はますますそれに磨きがかかっている。その原因を探るように、彼女の睫毛や唇の色を確かめてしまった。もしかしたら、化粧をしているのかもしれない。お兄ちゃん、本当にメイクが巧《うま》いひとは、メイクをしていることすら意識させないのだよ！　といつだったか熱弁していた妹のことを思い出した。妹も化粧なんてしたことがないはずなのだが、口だけは一丁前なのだ。ともあれ、いつもより睫毛が長く見えるし、おかげでその瞳を向けられると吸い込まれそうになってしまう。頰はほんのりとピンクに染まっているが、確かにそれはチークなのかもしれない。

と、彼女の眼差しがこちらに向いた。勝ち誇ったような笑みを浮かべている。

「ほら、じろじろ見ているじゃない」

「ばっ、ちげぇよ！」僕は慌てて眼を背けた。「あれだ。ええと、つまり、君が探してる続刊の意義とやらは、見つかったのかなって、そう考えてただけだ」

「ふぅん」小余綾は訝しげに声を漏らした。「なら、そういうことにしておいてあげる」

彼女はドアに背を預けると、手にした赤いハンドバッグからなにかを取り出した。ニットレースのショールだった。

「寒くなったのか?」

「いいえ。すぐ近くから、卑猥《ひわい》な視線を感じるのよ。あなたじゃないなら、誰なのかしら」

「まったく不埒《ふらち》なやつだな。僕が犯人を突き止めよう」

お兄ちゃん! 女の子はね、男の人が考えてる以上に視線に敏感なんだよ! どうせバレてないだろうってちらちら見てても、絶対にバレてるから! 僕の中の妹がそんなことを喚《わめ》き立《た》てていた。雛子にそんなことを言われたことは一度もないのだが。

電車が止まり、人を吐きだし、新たな人たちを乗せる。

駅を出発してから暫くして、小余綾が口を開いた。

「さっきの話だけれど」

「僕は犯人じゃないぞ」

小余綾は笑った。その横顔に、どうしてか息が止まりそうになる。

「そうじゃなくて、仕事の話」

「見つけられたのか」

彼女は車窓の景色を見ていた。既に陽が落ちて、外は暗い。

「まだわからないの。もしかしたら、わたしは神様を探しているのかもしれない」

「神様?」僕は小余綾の横顔を見つめる。「小説の……、神様ってやつか」

その言葉を耳にするのは久しぶりだった。

初めて会ったとき、わたしには神様が見えると豪語していた彼女の姿が脳裏を過ぎった。かたちのないその奇妙な概念を、彼女は神様と呼んでいる。僕には彼女の言う神様の正体がまだわからない。それは捕らえどころがなく、曖昧模糊《あいまいもこ》としていて、恐らくは物語を綴る人間の数だけ別のかたちを持っているのだろう。そうだとしたら、彼女にとっての小説の神様とは、いったいどんなものなのだろう。あのとき、あれだけ自信に満ちていた表情は鳴りを潜め、突如としてそれを見失ってしまったことに彼女は驚き戸惑っている。僕には、寂しげにそう呟く彼女の姿が、そんなふうに見えてしまった。

小余綾の探し求める続刊の意義は、神様と同じものなのかもしれない。

そうだとするならば、彼女はさしずめ、物語に神を宿そうとしている巫女《みこ》なのだろう。

けれど、と僕はその馬鹿馬鹿しい想像を一笑に付した。

「君は難しく考えすぎていると思う」

「そうかしら」

「そうだ。続刊の意義なんて、そんなもの存在しない。あるのかもしれないけれど、見つけ出すことに価値があるとは思えない。時間をかけるだけ無駄だ」

そんなことに手間をかけたところで、読者には伝わらないし、彼らはそんなものを求めたりしない。彼らは文句ばかりネットに書くし、いかに対価を払わず作品を読めるかといったことにしか興味を持たないのだ。それが人々の総意であり、人間の本性だ。君も言ったはずだ。読書という行為には、読み手の協力が必要不可欠なのだと。けれど、君が神様を宿すのに見合った感性を持った読者が、この世の中にどれだけいるというのだろう。

「そうね……。そうなのかもしれない」

僕の中の小余綾詩凪であれば、ここは大声で反論してくるところだった。

けれど、今の彼女は僅かに俯くだけ。

小説の話だというのに、弱気だ。どうにも、調子が狂う。

「けれど……、物語とは、もっと真剣に向き合いたいの。自分の物語なのだもの。その物語を愛することができなければ、わたしはきっと前に進めない。このまま、生み出す意義を見つけられず、作者の勝手な都合で物語を生み落とすなんて……。物語が、可哀想《かわいそう》よ」

「僕は――」

小余綾の言葉を耳にして、思い出したことがあった。

彼女の悩みを苛立たしく感じるのは、そこに原因があったのかもしれない。

「親父の――、千谷昌也《しょうや》の話をしてもいいか」

小余綾は顔を上げた。不思議そうに僕を見る。

「お父様の？　ええ」

電車の走行音に掻き消されないようにだろう。小余綾は頷くと、僕との距離を詰めた。いつもと違ういい匂いがする。あんまり近付くなよ。ときめいちゃうじゃないか。

「ええと……、僕が小学生だった頃の話だ」僕はその思い出を整理しながら、訥々と語った。「親父と母さんは、わりと仲がいい夫婦だったと思う。僕の知る限りじゃ、喧嘩《けんか》なんてめったにしたことがなかった。けれど、あるとき夜中に二人が言い争っている声がして、眼を覚ましたことがある。いったい何事かと怖くなって、扉の隙間からリビングを覗いたんだ」

後から知った情報が混じるが、その頃、作家としての千谷昌也は、いわゆるスランプに陥っていた。出版不況の兆しが現れ、売れない作家だった父にも書かせてもらえる機会というのが減ってきた。母曰く、その頃から部数が大きく減り始めて家計が苦しくなったそうだ。だからこそ、書かせてもらえる機会があれば飛びつき、そして起死回生を狙うべく試行錯誤を繰り返していたのではないだろうか。その頃の親父は、より良い作品を生み出すべく、一つの作品を仕上げるために多くの時間を費やすようになっていた。

「いいかげん、仕事をして!」

そのとき、めったに声を荒らげない母がそう叫んでいた。扉の隙間から、リビングの椅子に座り、力なく肩を落として項垂れる親父の背中が見えた。とても弱々しい背だった。

「やっている。でも、書けないんだ」

親父は呻くように言った。

「このまま筆を進めても失敗をするのが眼に見えている。いま手掛けている作品には、なにかが足りない。その足りないものを見つけ出さない限り、この作品はとても陳腐で退屈なものになってしまう。それがわかるんだよ」

「だからって、もう長いこと作品を作っていないじゃない。この前だって、編集の人に原稿を急かされたばかりでしょう」

親父は項垂れていた。母はきっと仕事でストレスを感じていたのだろう。原稿を仕上げる様子が一向に見られず、ただただ家に籠もっている親父の姿を見て、思うところがあったのかもしれない。

「まずは書き進めてみたらどうなの？　仕事なのよ。良い作品にならなくても、完成させることが大事でしょう？　神経質にならなくても、少しくらい手を抜いたって……」

「俺は、物語にきちんと向き合いたいんだ」

親父は続けて言った。物語を愛する読者は、作者が手を抜いていることになんて、すぐ気がつくだろう。読み手が魂を同化させて物語を体感するように、作者もまた物語に魂を捧《ささ》げなくてはならない。作品へと真摯に向き合わずに、物語が真の完成を迎えることはあり得ない。

「そんな作品じゃ、人の心を動かすことはできないんだ――」

けれど、母さんはこう言った。

「それ以上、書かない理由を探さないで」

「書かない理由……」

黙って話を耳にしていた小余綾は、そこで僕の言葉を繰り返した。いつの間にか電車は多くの人を迎え入れて、車内は少しばかり混み合うようになっている。そのせいか、小余綾の身体は僕のすぐ傍らにあった。彼女は暗いドアの向こうを見つめている。覇気を失ったような表情が、夜の景色に反射して映っていた。僕は話を続けた。母の言葉を思い返しながら。

「あなたには、書かない理由よりも、書くべき理由の方がたくさんあるじゃない」

子どもたちを学校に行かせるためのお金はどうするのだと母は父を責め立てた。その言葉は、親父にはとても耳が痛いものだったのだろう。それから親父は暇を見つけては、求人情報を探すようになった。あの年でできる仕事はそう多くはない。面接のために家を出て、それから肩を落として帰ってくるようになった親父の姿は、僕の記憶にこびり付いて離れない。結局、親父はコンビニでバイトを始めるようになった。手掛けていた原稿の完成は余計に遅れた。僕はそのときまで、子どもながらに親父の仕事を誇らしいと感じていた。ただのサラリーマンじゃない。一心不乱に机に向かって作品を仕上げる男だ。こだわりを持って名刀を鍛え上げる刀鍛冶のように感じていた。けれど、そのこだわりはいつしか親父をただの情けない中年男に変えていた。

「悩み苦しむ親父の姿は……、とにかく、カッコ悪くて、情けなかった」

そうして長い時間をかけ、魂を込めた作品を仕上げた親父は、それから暫くして呆気なくこの世を去った。それだけ苦労し、魂を捧げた小説だ。遺作だったし、なにかしら話題になるかもしれないと思ったけれど、その売り上げはいつもと変わらなかった。重版することもなく、年に一作しか書かなかったその年の年収は百万円にも満たなかった。なんとも情けない父親の最期だった。

「なにが言いたいかっていうと……。とにかく、ろくな結末にはならないってことだ。君の言う続刊の意義は、どこかには存在するのかもしれない。それを探す価値は、もしかしたらあるんだろう。けれど親父の場合、それはなんの結果ももたらさなかった。足りないなにかを探し続けて、多くの時間を費やして……、ようやく一つの作品を仕上げたところで、結果はいつもと変わらないんだ。そんなものに、読者は気づきもしないんだよ」

小余綾は僕を見ないで電車に揺られていた。相変わらずドアの向こうの景色を、憂いを帯びた表情で見つめ続けている。電車が、目的の駅に差しかかろうとしていた。

「お父様は」小余綾はぽつりと言った。「本当に物語を愛していたのね」

「それが……、なんになるんだって話だ」

親父は物語を愛していた。

そうなのかもしれない。そうなのだろうとは思う。それはきっと不動詩凪も同じだろう。

けれど、と僕も彼女と同様に夜の景色に眼を向けた。

けれど、物語を愛して。物語に魂を捧げて。

それで得られるものは、なんだろう?

物語に捧げた愛は、はたして僕たちに応えてくれるのだろうか?

＊

授賞式の会場となるホテルに辿り着く。

着飾った小余綾は、いつも以上に人目を引き寄せてしまうらしく、ロビーを通過するだけで、ほとんどの人たちが彼女に視線を注ぐのがわかった。僕はといえば、そんな姫君を護衛する騎士の気分を味わう――というほど気楽ではなく、河埜さんが警戒するように言っていた相手が彼女に近付かないかどうか、少しばかり緊張していた。幸いにも、誰かに声をかけられることもなくロビーを抜けることができて安堵する。

手荷物を預けてホールへと向かうと、式は既に始まってしまっていて、会場は人で溢れかえっていた。途中、電車の遅延に巻き込まれたので、やむを得ないだろう。慌てて受付で芳名帳に署名する。審査員を務めた作家が選評を述べているが、人々のざわめきの声が耳について、あまりうまく聞き取れなかった。

「なんか、めちゃくちゃ混んでるな」

「いつもながら、来場する人たちに比べて会場が狭いのよ」

僕が訪れたことのある他の授賞式に比べると、ホテルも会場も少しばかり小さいかもしれない。しかし、僕に言わせれば出版社はこんなことにお金をかけるより、一冊でも多く作家の初版部数を増やすことにお金を使うべきなのだ。

人垣の向こうを覗くべく背を伸ばしたが、選考委員の頭頂部しか覗えない。仕方なく、僕は小余綾と共にその場で選評を耳にしていた。しかし、やはり聞き取れない。会場から溢れている場所なので、スピーカーの音声があまり届かないのだろう。

仕方なく、僕と小余綾は人垣の端で、受賞作についての感想を小声で交わした。

あそこの心理描写に紛れた伏線が凄まじく巧妙だったでしょう、と僕らの意見が合致したあたりで選評が終わり、受賞者が登壇した。背が高い人なので、辛《かろ》うじて顔が見える。長身で二十代の優しい顔つきの人だった。プロフィールを見ると、大学を出たばかりということなので、在学中に書いた小説なのだろう。僕は眼を瞑《つぶ》り、受賞の言葉を耳にしていた。けれど、彼の言葉を聞き取ろうとしている間に、三年前のことを思い返してしまう。新人賞を獲り、デビューすることになった千谷一夜という小僧のことが脳裏を過ぎっていく。

あの頃、まだ未来は明るかった。

すべてが輝かしく、見える景色は晴れやかだった。

身体中から物語が溢れ出て、息をするようにキーボードを叩くことができた。

僕は知らなかったんだ。

夢を叶えるまでの道より、夢を叶えたあとの道の方が、ずっと過酷だということを。

今は、どうだろう。

どうして、変わってしまったのだろう。

あそこで受賞の言葉を述べている彼は、変わらずにいられるだろうか？
今このときと同じ気持ちで、第二作、第三作を生み出すことができるだろうか？
そうできる人間は、きっと稀だ。
幸運に恵まれた者にしか、それは為《な》し得ない。
そうでない人間は、きっと変わってしまうのだ。
僕は傍らの小余綾を見た。彼女は真剣な眼差しで、受賞者のいる方を見つめている。
不動詩凪は、変わらずに物語を書き続けることができたのだろうか？
自分で筆をとることができなくなるその瞬間まで——。
彼女の未来は、明るかったのだろうか？

＊

歓談の時間が始まり、人々の喧噪が瞬く間に勢いを増していく。遅れてやってくる人も多いようで、人口密度はますます増えるばかりだ。あまり人がいない会場の後方へと避難したのだが、ほんの少し目を離した隙に、小余綾とはぐれてしまった。僕は乾杯の際に一口だけ飲んだオレンジジュースを片手に、彼女の姿を求めて視線を巡らせた。白い肩を出したワインレッドの衣装は艶《あで》やかで、この会場の中でもよく目立つ。小余綾は白い円卓の近くで数人と歓談を交わしているところだった。楽しげに笑顔を見せているので、とりあえず放っておいても大丈夫だろう。僕は手持ちぶさたになってしまったので、ジュースを飲み干してからテーブルに並んだ料理を物色することにした。なかなか良いお値段がしそうな品を一品ずつ小皿に盛り付けていく。しかし、やはり招待客の数に比べて会場が狭すぎる。これは料理を味わうのも苦労しそうだった。ひとまず静かな壁際へと後退して、小皿をフォークでつついた。

あれか、もしかして、これはいわゆる壁の花というヤツなのではないだろうか？　僕は覆面作家なので、こうして佇んでいたところで話しかけてくれる人はほとんどいない。それなら、どこかの会話の輪に加わるべきなのかもしれないが、そのような社交性は残念ながら持ち合わせていなかった。

会場を行き交う人々に眼を向ける。作家たちは記帳の際に名札を渡されているので、書店の平台に華々しく躍る名前を、彼らの胸元に見つけることができる。一人、二人、三人と見たことのある名前が横切っては輪を作っていく。どれも、僕よりも後にデビューし、僕よりも何倍も売れている人たちの名前だった。デビュー後、たった一年や二年で何度も作品が重版され、ドラマ化、映画化が決まった人たちの名前だ。それに対して、僕はどうだろう。千谷一夜。彼らよりも長く作家生活を続けているのに、一度も重版を経験したことのない惨めで才能のない作家の名前。そんな人間に、この場所にいる資格があるのだろうか。たった一冊や二冊で結果を出せる人たちと、何冊も書いて全て駄作と言われる自分とでは格が違いすぎた。僕なんかがこの場所にいることが、申し訳ない気持ちでいっぱいになる。ただただ追い抜かれていくしかない屑が書く物語に、なんの価値があるだろう。

「よう、先生。来たな」

暗鬱な心持ちになっているところで、救世主が現れた。

「なんだ。迷子のダックスフントみたいな眼をしてるな……」

傍らに立った春日井啓は、哀れむような眼で僕を見下ろしていた。無精髭は剃《そ》っているようだが、身に着けている衣服はいつもと変わらない。

「なぁ、不動さんはどうした？　俺、美少女と話したくて来たんだけど」

僕はお呼びではないらしかった。虚《むな》しい。

「あっちの方にいますよ」

僕は顎で、彼女がいる方を示す。それを見て、春日井さんが嬉しそうに声を漏らした。

「おお、着飾ってるなぁ。オーラが違う。あそこだけ芸能人がいるみたいだな」

「浮きすぎなんですよ。こういうところにわざわざあんな格好して来なくても……」

「不動さんも女の子だからな。夏祭りに浴衣を着て出かけたいのと同じ乙女心だろう」

「いや、おじさんに乙女心を説明されましても」

「お兄さんと言えよ」

「そういえば、河埜さんに会いました？」

「ああ、さっき挨拶したよ。で、千谷君が不動さんと一緒にいるはずだって聞いて、君を探したわけだよ。ところが、肝心の美少女がいないじゃないか」

「そんなに話したいならあそこの輪に突っ込んで行けばいいじゃないですか……」

春日井さんは肩を揺らして笑った。

「それはそうと、不動さんとの仕事はどうだ？　お兄さんも女子高生作家と働きたいんだが」

「通報されますよ」

軽口を交わし、小余綾の表情を盗み見る。多くの人たちに囲まれて楽しげに話している彼女の横顔を見つめながら、退屈しのぎの話には丁度いいかもしれない、と考えた。

僕は神様を探しているという彼女のことを、春日井さんに話した。

「続刊の意義か……」

黙って僕の話を聞いていた春日井さんは、小さくそう呟いた。

「話を聞く限り、不動さんって完璧主義者なんだなぁ」

僕は肩を竦めた。

その完璧主義が良い作品を生み出してきたことは理解している。

しかし、完全なるものを求め続けるばかりでは、作品はいつまで経っても完成しない。

「けれど、俺はわかる気がするな。それって、二作目の壁に似てるんだよ」

「二作目の壁、ですか？」

「俺たち作家なら、誰しもが乗り越えるべき二作目の壁だよ。デビュー作を世に送り出して、期待と注目が集まる中で書き上げなくてはならない、二作目の壁だ」

二作目の壁。

作家を続けるならば、誰もが通るべきその道程――。

「デビュー作ってさ、全身全霊を注ぎ込んで書き上げただろう。俺がデビューしたのは、二十五のときだけれど……。そこには、二十五年間の全てが詰まっているんだ。伝えるべき想いも信念も、物語の根本を成すべきアイデアもトリックも、二十五年かけて培ったものが、全て注ぎ込まれている。少なくとも、俺はそうだった」

その話を耳にしながら、僕は俯いた。僕が初めて世の中に送り出した作品のことを考えた。十四歳の小僧が送り出した拙い物語は、どうだっただろう。

「多くの投稿作と戦って……、他の候補作にはない、審査員の人たちを唸らせるだけの熱量と魂が、そこには確かにあったはずなんだ。だから賞を獲った。だから選ばれた。それだけの力がある作品だった。けれど、みんなは期待するんだ。そいつがその後に書き上げる第二作は、もっと凄いものになるべきだって。第一作で経験を積んだあとに書き上がる第二作は、どんなものになるだろうって……。当然、周囲の人たちだけじゃない。いちばん期待しているのは自分自身だ。俺はもっと凄いものを書く、もっと凄いものを作らないとならない。でも、今度は二十五年を費やして書き上げたものを、たった数ヵ月の時と熱情で超えなくてはならない。乗り越えるべき壁は、自分自身が書き上げた第一作目だ。自分自身で誇らしく最強だと思う一作が、敵になるんだ。あれ以上のプレッシャーは、そうそうあるものじゃないよ」

僕は知らず知らずのうちに、自分自身の掌を見下ろしていた。

掌は湧き出た汗で、濡れて輝いている。

「千谷君も、それを感じていたんじゃないか?」

「僕は――」

今更ながら、気がついた。

二作目の壁。もちろん、僕にもその経験がある。けれど、それだけではない。そのときだけではないのだ。僕は今もそれを経験している。

「高すぎる理想は自分の足枷《あしかせ》にしかならないけれど、最初の一作目は、どうしても乗り越えるべき最低限の壁になっちまうんだよな」

第一作。僕がいちばん面白いと思っていたもの。この世界から受け入れられなかったもの。それを超える作品を書かなくては、また同じことの繰り返しになってしまう。それがもたらす途方もない焦燥が、僕の胸を焼き尽くそうとする。それを超えるためにはどうしたらいいのか。どうすれば、それを乗り越えることができるのか。僕にはまるでわからない。できるとも思えない。

小余綾の苦しみと、僕の苦しみは、同じものなのかもしれなかった。

だとしたら、僕はどうするべきなのか? そんな壁を乗り越えるのは馬鹿らしいと、相手にせず迂回《うかい》するのが正しいのだと、小余綾を嗤うことができるだろうか?

「続編を書く意義って言われてみりゃ確かに難しいよ。読者はもちろん、一巻より面白い作品を期待してしまう。苦心して二巻を出しても、一巻の面白さを台無しにしてしまうこともある。語るべき熱、伝えるべき魂、それを最初に全力で注ぎ込んだのなら、残っているものはほんの小さな残り火でしかなくて、それでできることには限界がある。そういうリスクを背負ってまで続刊を書く理由って、確かにどこにあるんだろうな……」

浮かんだ汗を、スラックスで拭い取る。

僕の魂に、残っているものはなんだろうと考えながら。

ふと、春日井さんが壁際から離れた。

「ちょっと待ってろ。いいもの持ってくるから」

なんだろう。僕は再び、一人ぽつねんと取り残されてしまう。

小余綾は未だに歓談の輪の中にいた。いい加減、ずっと放置され続けているというのも癪に障る。今、小余綾は男性陣に囲まれていた。なんだ、イケメン作家にでも囲まれて調子に乗っているのか？　ちょっと、僕に見せたことのないくらい楽しそうな表情をしていますね？　たまには僕に向けるときの人間の屑を見るような眼差しを浮かべてもいいんじゃないですか？

苛立たしい思いで作家どもを睨みつけるが、もちろん僕の眼力など遠く離れた場所に届くはずもなかった。そうこうしているうちに、春日井さんが戻ってきた。何故か両手に小さな丼を一つずつ持っている。

「なんです、それ」

「うに丼だ」

「は？」

「うに丼だよ。この授賞式と言ったら、うに丼を食べなくては終わらないんだ」

「はぁ」

「いつも、すぐになくなっちまう。今回は運がいいことに、これがラスト二つ」

なんだ、僕の分まで持ってきてくれたのか。イケメンなのか？

「食わせてやれよ」

「は？」

「不動さん。ずっと喋ってるんだろう。腹も減るだろうし、料理もなくなっちまう」

そう告げて、春日井さんは二つの丼を僕に差し出した。想像以上のイケメンだった。

「その代わり、あとで美少女作家と話をさせてくれ」

しかし動機は不純だった。

わざわざ僕が紹介しなくても、面識はあるらしいのだが。

「さっき天月たちと会ってさ、俺はちょっとそっちに行ってくるわ」

春日井さんは僕に丼を託すと、歓談する人々の向こうへと姿を消してしまう。

僕は両手に丼を持つという不自由な格好で、暫しその場に取り残されていた。

どうしたものだろう。小余綾が輪から解放されるのを、このまま丼を手にひたすら待つというわけにもいかない。だからといって、あの輪に入る勇気があるかというと、答えはノーだった。というか、この人混みの中を丼を手に歩いたら、誰かとぶつかってひっくり返してしまいそうだ。と、会場の後方にテーブルや椅子が置かれていることに気づく。そこでなら静かに食事ができそうだ。僕はひとまずそこへうに丼と用意した箸を置き、身軽になった状態で小余綾がいる場所へ引き返した。

いったいなにをそんなに話すことがあるのか、歓談を続けている彼女の輪の周囲を、僕はぐるりと廻《まわ》った。しかし彼女は話に夢中らしい。仕方なく声をかけようとするが、なんと声をかければいいのだろう。小余綾さんと本名を呼ぶわけにもいかないので、不動さんと呼びかけるしかないのだが、本人に対してそんなふうに呼んだことはなく、想像するとなぜか小っ恥ずかしかった。僕は彼女たちの周囲をぐるぐると廻る。彼女は、やたらと背が高くどこかのフィギュアスケート選手に似た顔立ちの男と、やたらと痩せていて変な動作をしている眼鏡の男と会話を楽しんでいる。いったいなんなのだこいつらは。苛立ちのあまり、僕は声にならない声を上げながら、小余綾の背後に近付いた。その華奢な腕を摑んで引っ張る。小余綾は小さく悲鳴を上げて僕を振り返った。

「え、ちょっと、なに？」

「いいからちょっと来い」

僕は彼女の腕を引っ張り、うに丼の元へ向かう。

最初からこうすればよかったかもしれない。無駄な時間を消費してしまった。

「ちょっと、なんなのよ！」

テーブルに辿り着くなり、彼女は僕の手を振り払った。

思えば、その白く華奢な腕を摑んでしまっていたわけで、僕は狼狽《ろうばい》のあまり奇妙な汗を額から滴らせた。小余綾は僕を睨みつけ、例の如《ごと》く腰に手を当てると、高慢な仕草で顎を上げた。

「あぁ、なるほど……。なに、嫉妬したわけ？」

「ばっ、な、なにを言ってやがるんだ君は！」

僕は唾を飛ばす勢いで反論する。すべてはうに丼のためなのだ。

「どうして僕が嫉妬せにゃならんのだ！　君がどんな男と楽しくお喋りしていようが、僕にはまったくぜんぜん無関係に決まってるだろうが！」

全力で否定してやると、どういうわけか挑発してきたはずの本人が頬を紅潮させて、まばたきを繰り返した。それから眉尻を上げて、唾を飛ばす勢いで叫び返してくる。

「ちょっ……、そ、そんなのは当たり前でしょ！　そういうことじゃなくて……。わたしは、つまり、作家としての立場に嫉妬したのかって意味で言ったわけで……」

今度は僕が頰を赤くする番だった。

「なっ……、わ、わわ、わけのわからない叙述トリックを決めるなよ！」

全力で床に穴を掘って転落死したい気分だった。なんだ僕は、身の程知らずなのか？　彼女の言葉をそんなふうに解釈してしまったということは、つまり、小余綾詩凪を独占したいなどと、僕が微塵でも考えてしまったということなのだろうか？　それはあまりにも分不相応すぎる。気まずい。死にたい。

「と、とにかく、うに丼だ……。は、腹が減っただろ」

僕はテーブルを指し示し、椅子を引いて腰掛けた。

「そ、そうね……、気が利くじゃないの」

小余綾は小さく鼻を鳴らした。

僕の隣の椅子に腰掛けると、ふわりと心地よい匂いが鼻をくすぐる。僕は彼女のこの薫りに対してアレルギーを持っているのかもしれない。いつも胸を締め付けられるような気分になる。その薫りから逃れるように、僕はうに丼へと箸を伸ばした。

「ありがとう」

不意に、そう言われた。

「なんだよ」

隣を見ると、小余綾が丼に手を付けながら言葉を続けた。

「わたし、自分からだとああいう場から抜け出せないのよね。あなたは、誰かに声をかけられて解放してもらえない経験なんて、ご両親や先生からのお説教くらいでしかなさそうだから、わからないでしょうけれど。ああ、あと宗教の勧誘くらい？」

「礼を言いたいのか貶したいのかどっちなんだ」

「お話自体は楽しいから好きなのよ」小余綾は肩を竦めて言った。「けれど、流石に疲れちゃうのよね。自分を装うのって」

僕はその言葉を耳にして、丼をかき込んでいた手を止めた。

「猫かぶりのことか」

彼女は丼を見下ろして小さく笑う。

「ええ、そうね。礼儀正しく笑顔を振りまいて生きるのは、楽じゃないわ」

「どうして、君はそうなんだ。面倒なら――」

「一言で言えば、求められたから」

「なんだそれは」

「わたしの家って、古くさいの」彼女は顔を上げて、頬を飾る髪を指先で払いのけた。

「兄も姉も、よくできた人だから。当然、末っ子にも期待がかかるというものでしょう」

良いところのお嬢様らしいとは感じ取っていたが、彼女の家族の話を耳にするのはこれが初めてのように思う。

「だから、教室とかじゃ、お上品な優等生なのか」

「そうね。それに、素のままの自分って、なんだか丸裸でいるみたいで心細いのよ。だって、わたしが持っている武器なんて、物語を綴ることだけでしょう。それは教室じゃなんの役にも立たないわ。ただ、異質であるだけで」

「学年一位を取る頭脳が、贅沢なことを言うじゃないか」

「勉強なんて時間をかければ誰がやっても同じよ。心の深奥から溢れる、唯一無二のものとは違う。わたしは、それを持っていたいの。そうありたいって、願っていて……」

僕は俯いて、彼女にかける言葉を探しながら、食事を再開した。

難しく考えすぎだとも、贅沢な話だとも思った。しかし、小余綾らしいとも思える。心の深奥から溢れる、唯一無二のもの。

そんなもの、僕だって持っていない。

「君は……、うまく言えないけど、そのままでいいんじゃないか、口の悪ささえ直せば」

「一度着込んだ鎧《よろい》は、なかなか脱げないものよ。たとえ疲れるものだとしても」

そう呟く彼女の表情は寂しげだった。華やかな衣装で着飾っているせいだろうか、その横顔の美しさが新鮮に映り、僕は暫く彼女に見とれていた。いいや、着飾っているかどうかなんて、無関係なのだろう。僕にとって小余綾詩凪という女の子は、目新しさの連続なのだ。何度目を向けても、いつも違って眼に映る。作った笑顔も、憤る表情も、そんなふうに寂しげに眼を伏せるときも。

そして、いつだって、どうしてか君の表情は僕の心を痛くするのだ。

小余綾は、気を取り直すように息をついた。肩を竦めて、もう一度箸に手を伸ばす。

「なんにせよ、助かったわ。ちょうど、お腹も減ってたところ」

「おう……、春日井さんに感謝しろよ」

言うと、小余綾は僕に大きな眼を向けた。怪訝そうな顔で言う。

「どうして春日井さんが出てくるのよ」

「さぁな」どうしてだろう。僕の手柄にしたいなどと考えてしまったのだろうか。「ちょっと待ってろ。いろいろと持ってきてやるから。君があっちの方に行ったら、また誰かに捕まっちまうだろう」

僕は立ち上がり、小皿に食事を盛り付けに行く。美味しいものでも食べれば、きっといつもの高慢で尊大な表情に戻ってくれるだろう。小余綾の好みはよくわからないが、肉やら野菜やら海老《えび》やらと、美味しそうなものを片っ端からお皿に載せていく。見た目は少し悪くなってしまったかもしれない。

小余綾のところへ戻ると、僕が座っていた席に童顔の編集者が腰掛けていた。

「あ、千谷さん、戻ってきましたね。すみません、お邪魔しちゃいまして」

曾我部さんは普段とあまり変わらない格好だった。仕事帰りに寄ったのかもしれない。あるいは、これからまた仕事をしに出版社へ戻る可能性もある。編集者とはそういう生き物なのだ。僕はひとまず、手にしていた小皿とフォークを小余綾の前に置いた。小余綾は、少しくすぐったそうな表情で微笑んだ。

「ありがとう」

「おう」

「うわぁ、紳士ですね、千谷さん」

掌を合わせる仕草と共に、何故か感嘆された。

それから曾我部さんは立ち上がる。

「すみません、不動さん、ほんの少しだけ千谷さんをお借りしますね」

「あ、はい」

にこりと笑う曾我部さんに導かれ、僕らはテーブルから離れた。

「千谷さん、あのお話ですが、どうでしょう。スケジュールの都合、つきそうでしょうか」

問われ、思わず小余綾の方に視線を向けてしまう。彼女はまだ料理に手を付けず、僕たちの方を不思議そうに見ていた。

「ええと……」

考えは、決まっているはずだった。

引き受けないという選択肢は存在しない。

それが、もっとも賢い選択のはずだ。

それなのに、僕はなにを迷っているというのだろう。

「その……、嬉しい話なんですけど、他の原稿もあって、すぐに判断ができなくて……。もう少し、待ってくれるんですよね」

「はい、もちろんです。唐突にお願いしたのは、こちらですから。ただ……」

曾我部さんはハンドバッグから小さな手帳を取り出した。

カレンダーには、細かい文字で予定がびっしりと書き込まれているのが見える。

僕は小余綾に話が聞こえてしまわないか、少しだけ焦っていた。もちろん、この距離と喧噪で話が聞こえるはずがない。けれど、どうして小余綾に聞かれるのが困るというのだろう。言ってしまえばいいじゃないか。君が迷っているのなら、僕は君を裏切ってこの仕事を引き受けてしまうぞと――、そう宣言してしまえばいいじゃないか。

「ただ、待てて来週いっぱいです。来週の日曜夜までに、決めていただけると助かります」

期限は、来週の日曜夜。今日は金曜だから、九日間はある。充分すぎる時間だろう。ただでさえスケジュールが厳しそうなのに、申し訳ない気持ちでいっぱいになった。

それ以上、小余綾を待つことはできない――。

それから、曾我部さんは印税率や発行部数について、まだ確定ではないがおおよその目安を教えてくれた。装幀をお願いしているイラストレーターとデザイナーも流行の最前線で活躍している人たちで、執筆参加陣といい豪華な作品になることは間違いのないものだった。

きっと、すごい本になるだろう。

「その……、それじゃ、またメールをします」

「はい。わかりました。お待ちしておりますね」

一礼して、その場から去って行く曾我部さんを見送る。

「なんのお話だったの？」

席に戻ると、小余綾が不思議そうに問いかけてきた。

「いや……。なんでもない」

僕は、どうしてか小余綾にそのことを話せず、曾我部さんの姿が人垣の中へ消えていくのを、じっと見守っていた。

*

腹ごしらえをしたあとは河埜さんに捕まり、二人で書店員さんに挨拶回りをすることになった。よくよく考えてみれば帆舞こまには覆面作家のようなものなので、こうして素顔を晒して挨拶することはそもそもの前提を崩してしまっているようにも思える。とはいえ、河埜さん曰く、授賞式に来ている書店員さんは彼女の顔見知りばかりで口が硬いということなので、僕たちはよろしくお願いしますと、一人一人に頭を下げて回った。僕は口下手なので、会話はほとんど小余綾に任せてしまったのが心残りである。どういうわけか女性の書店員さんは例外なく小余綾の服を褒《ほ》め称《たた》えていたが、これで少しでも僕たちの作品が印象に残るのなら万々歳だ。

授賞式が終わったあとは、春日井さんに声をかけられて二次会に参加することになった。編集者などが介在しない、作家仲間だけの会だという。居酒屋で行われるらしく、高校生が行くのもどうかと考えたが、小余綾も少し興味があると言うし、一時間くらいならとお邪魔させてもらうことになった。というか、春日井さんたちは僕などよりも不動詩凪が目当てで誘ってきたような気がしないでもない。

ともあれ、近くの居酒屋の大きな座敷《ざしき》に、若い作家を中心に大人数が集まった。三十人くらいはいるかもしれない。僕は春日井さんや顔見知りの作家がいるテーブルに座った。小余綾はというと、女性陣が集まっている一つ奥のテーブルに行ってしまった。これだけの大人数で騒がしくしていると、テーブル近くの人としか会話ができないだろう。

「ここは、図らずも売れない作家同盟の諸君が集まってしまったか」

テーブルに腰を下ろすなり、周囲を見遣って凄まじく失礼なことを言ったのは春日井啓である。確かに、このテーブルの近くにいるのは、まだデビューしたばかりだったり、数年作家活動しているものの、まだ二、三冊くらいしか本を出せていない人たちが多いかもしれない。その自称売れない作家同盟代表である春日井さんはというと、この中では最も作家活動が長く、大ヒットには恵まれていないものの、確実に名前が知られている人だろう。おのれ。

「いや……、そうでもないかもですよ」

そう言ったのは、ある若手作家だった。

彼は、こちらのテーブルへと座敷を歩いてくる一人の人物に視線を向けていた。それにつられて、みんなの視線が一斉に注がれる。

「ここ、まだ席空いてる？」

長身で華奢な体軀《たいく》は、見る者に女性的な印象を与えた。それを助長させるように、顔立ちは眉目秀麗と言ってよく、この居酒屋の庶民的な景色が場違いに思えてしまうほど、どこか浮き世離れした雰囲気を漂わせる人物だった。対して、着ているものはジーンズとシャツという極めてラフな格好だ。

天月彼方。

この業界で名を知らぬ者はいないほどの若手天才作家である。筆が速く、書くもののほとんどは映画化なりドラマ化なりをしていて、書店に赴けば平台で彼の名前を見つけられないときなどないだろう。その容貌からテレビなどにも時折出演しており、不動詩凪と比べてもずっと著名な作家だった。

「なんだ、天月、来ないのかと思ったよ。そこ座れ」

僕の向かいに腰掛けていた春日井さんが、隣の席を示す。

「道に迷っちゃったんだ」

天月さんは、その顔立ちを一切崩すことなく、ぼそりと呟いた。一度だけテレビで見たことがあるのだが、あまり表情の変わらない人のようだった。

彼が座敷に腰を下ろすと、少しだけテーブルの雰囲気が固まったような気がした。あまりにも場違いすぎる天上人が来たため、多くの人間が緊張しているのだろう。僕も同じだった。しかもその容貌と雰囲気が更に異界の風を運んできている。普段と変わらずにいられるのは、親しくしている春日井さんだけなのではないだろうか。

やがて飲み物が運ばれてくると、奥のテーブルにいる幹事を務めているらしい先輩作家が、乾杯の音頭を取った。僕らのテーブルも、止まっていた時間が動き出したかのように盛り上がり、くだらない話題に笑いながら、僕はここぞとばかりに揚げ物を口に放り込んだ。春日井さんが僕を誘ってくれたときに、「酒を飲むわけでもないし、未成年には俺が奢ってやろう」と言ってくれたためだった。遠慮は無用だ。

僕は他の皆さんに学校生活について、あれこれ質問をされた。学園モノを書くときの参考にしたいのだという。話している間、僕はときおり天月彼方の方を盗み見ていた。あまりにも天上人すぎて嫉妬心すら湧かないのだが、やはり売れている作家というものは不動詩凪のように性格がねじ曲がるのだろうか、などという好奇心もあり、ついつい観察してしまったのだ。しかし、天月さんはどんな話題にも、ときどきほんの僅かな微笑を見せる程度であり、あとは静かに御猪口《おちょこ》を手にして、静かに日本酒を味わっているだけだった。ほとんど喋らず、ほとんど笑わない人だった。

いつの間にか話題は、どうしたら売れる本が書けるのか、という方向性へとシフトしていった。このテーブルに着いている人間にとっては、それは避けられない話題というものなのだろう。最近読んで面白かった作品を挙げたり、こういう作品が流行していると分析したり、誰それの作品が重版して何万部も突破したらしいと、話は尽きることがない。その流れである傾向の作品に関して言及がされた。ここのところ根強い人気を誇るジャンルの作品群で、いわゆるライト文芸などと称される作品を扱っているレーベルから、いくつも似通ったタイトルと装幀が氾濫し、書店で区別が付きにくい状況になっていた。そういったものが実際に売れるのだから、出版社だって力を入れたくなるし、似たような作品が増えるのは仕方がないことなのだろう。

「最近はそんなのばっか売れて、作家の独自性ってのは、もう求められないものなんすかね」

「出版社が乗っかりたいのか、作家が乗っかりたいのか、本当にそればっかで」

「そりゃあ、俺たちだってそういうのを書いたら、売れるんでしょうけど」

「わかるわかる！　違うんだよね、俺らが書きたいものっていうのはさ。流行に乗っかりたいわけでも、真似したいわけでもないんだわ！」

「みんな、作家性を殺して悪魔に魂でも売っちまったんですかね――」

ここに集まっている作家たちからすれば、一様に同じ意見にならざるを得ないのだろう。僕としても、もちろんそこに妬《ねた》み僻《ひが》みがあるのは自覚しているけれど、やはり似た傾向の作品ばかり好まれたり求められたりすることには、どうしても理不尽さを感じてしまう。彼らに混ざって声を上げることこそしなかったけれど、僕は内心では同意を繰り返していた。みんなして現在の出版界に嘆き、愚痴り、酒を交わして笑い合う――。

そんなときだった。

「それは、ただの言い訳じゃないのか」

冷たい声音に、その場の空気が一瞬で静まり返っていた。

ジョッキを掲げていた人も、箸で揚げ物を摘まんでいた人も、動きを止めていた。黙って聞いていた僕も同じだった。どうしてか、その一言は強烈に僕の心臓を鷲摑《わしづか》みにして、呼吸さえ止めさせてしまっていた。みんな、少し唖然としながら、その言葉を発した人物に眼を向ける。

それは、天月彼方だった。

春日井さんが、彼の腕を突いて笑う。

「どうした天月。突然口を開いたと思ったら」

彼は猪口に口を付けると、僕らを見て不思議そうに告げる。

「いや――。不思議に思っただけさ。みんな、そこまで売るための方法がわかっているのに、どうしてそれを実行に移さないのかって。そいつは、なにもしないための言い訳にすぎないんじゃないのか」

「珍しく饒舌だなぁ。だけどよ、もうちょっとわかるように言ってくれよ」

「出版社や読者を批判して自分を正当化するのは、ただの言い訳にすぎないってことだよ。作品がどうしたら売れるのか、みんなは流行の作品を見て気づいているんだろう。だったら、自分もそうしたらいい。それをしないで愚痴を零したところで、作品が突然売れてくれたりすることなんてないんだから」

天月彼方の言葉に、僕らは押し黙った。

自分を正当化することは、ただの言い訳にすぎない。

その言葉は、僕の胸を息苦しくさせる。どうしてか、僕は小余綾の言葉の数々を思い返していた。読者からの厳しい感想に対して、彼女が僕にかけてくれた言葉。僕は間違っていない。僕は正しい。人と作品には、合う合わないがあり、感性の違いは乗り越えられない。人は他者を理解できず、読書とは鏡と向き合う行為であり、読者の協力なしに作品は成り立たない。それらの言葉を受けて、僕の中の小余綾詩凪は喚いている。読者に責任を押しつけてどうするの。彼らを敵にして言い訳をしているだけじゃないの。悔しかったら、誰が読んでも面白いと思える作品を書いてみなさい──。

あるいは、その疑念は作家であれば誰しもが持ち得ていたものなのだろう。だからこそ、この場にいる作家たちは、痛いところを突かれたみたいにして、沈黙せざるを得ないのだ。

「まったく、こいつはもう」

唯一、春日井さんだけ、呆れたように笑っていた。

「悪気はないんだけど本当に空気読めなくて、我が道を行くやつなんだ。そこがいいところなんだけどよ」

傍らの天月彼方の頭をぐしゃぐしゃと撫で回す。天月彼方は、とりたてて表情を変えないまま、されるがままになっていた。

「言ってくれるじゃないかよ天月。それなら、お前の考える売るための方法ってやつをみんなに説明してやってくれよ」

「そ、そうっすよ。どうしたら天月さんみたいに、売れるようになるんすか？」

春日井さんに続き、若手作家の一人に請われて、天月彼方が眉根を寄せる。

「どうだろう……。オレなりに理論や経験則はあるけれど、みんなが受け入れてくれるかどうかはわからないよ」

「いやいや、そう言わずに聞かせてくださいよ」

「それじゃ、話すけれど」

天月彼方が口を開く。

「まず、大前提として、これだけは覚えておくといい」

テーブルが、再び静寂に包まれた。他のテーブル席にいる人間ですら、天月彼方の方へ耳を傾けているかのようだった。

「努力や才能は、運には勝てない――」

このテーブルにいる全員が、静かにそう語る天月彼方を見ていた。

彼はゆっくりと動く時間の中を生きるかのように、遅滞した動作で猪口を口元に運んだ。酒を一口飲んで、切れ長の眼差しを手にした猪口に注ぎながら、語る。

「作品が売れる売れないを決めるのは、才能や努力じゃない。すべては運だ。運があればどんな作品だって飛ぶように売れるし、運がなければどんなに優れた作品だろうと誰にも読んでもらえない。つまりいくら才能や努力を作品に注ぎ込んでも、たいていは無駄になる」

僕らは暫し、唖然としていた。大ヒットを飛ばす天月彼方の口から、そんな言葉が出てくるとは誰も考えていなかっただろう。作家の一人が、呻くように言った。

「そりゃ……、そういう部分は、大きいかもしれないですけれど」

「オレの作品が売れているのも、ただ運がいいってだけだよ。正直に言えば、オレの書く作品は、ここにいるみんなが書いている作品と比べて、技術的に大きな違いがあるというわけじゃないんだ。みんなだって、売れている作家の本を見て、こう思うことがあるだろう？　あいつの作品と自分の作品、いったいどこがどう違うっていうんだ、って――」

僕らは沈黙した。反論の言葉はなかった。

技術的に負けたと理解できるのなら、それがいちばんいい。納得できる。当然だと理解できる。けれど、読んでも読んでも、自分の作品となにが違うのかまるでわからない作品が、自分の本よりも、何倍も、何十倍も売れているなんてことは、ざらなのだ。いや、違いがわからないならまだいい。趣味や感性が違うという言葉で納得してもいいだろう。けれど、自分の作品より、明らかに未熟で、劣っていると感じてしまう作品に、どうしようもなく差を付けられてしまうときには――。

心を、どう整理したらいいのか、わからなくなる。

それを、天月彼方は一言で片付けた。

努力や才能は、運には勝てない。

「違うのは、運だよ。運だけが違う。売れてる作品は運がいいから売れてるだけだ。べつに作品や作家に罪はない」

「それじゃ……。ヒットのコツは、特にないってことですか。運がすべてなんじゃ……」

「オレは、そこでそれを言い訳にして、なにも行動しないのは悪手なんだって言いたいんだ。ある程度なら、運は引き寄せることはできる。そもそもベットをしなければ、どんなに運が良くても勝負には勝てないだろう。それをヒットのコツというのなら、オレなりの方法論を教えられる」

教えてください、と別の作家がテーブルに身を乗り出した。

「残念なことに、読者っていうのは売れている本しか買わない。つまり、運の良い本しか読まない。運の悪い本のことは、存在すら知らないだろう。本当の読書好きなら、そんなことはないのだろうけれど、売り上げの大半に貢献してくれるのは、年に何百冊も読むような読書家じゃない。月に一冊も本を読まないような、普通の人たちだ。そういう人たちの人口の方がずっと多い。彼らは自分で本を探すという行為を知らない。みんなが読んでいるからという理由で本を選んでいる。オレたちは本好きの読書家ではなく、そういう人たちを相手に商売しているってことを、まず自覚するべきだ。つまり、消費者に好まれる作品を書くことが、勝負の席に着く最初の一歩になる。みんな、このマーケティングの基本を実行できていない」

「つまり、流行に乗るってことですか……」

「みんなは、なにが売れるかなんてわかってるんだろう？　実際、オレはそうしている。オレの書く話はすべて流行の二番煎《せん》じだから」

あっけらかんと言われてしまい、この場にいるみんなは言葉を失ってしまっていた。

「あれ、オレの本って読んだことない？　猿真似《さるまね》って悪口をよく聞くんだけれど、実際にそうなんだから仕方ない」

「天月、お前、酔ってるのか」

　春日井さんが呆れたような声を漏らす。

「酔っちゃいないよ、啓さん。オレは自分の経験則を教えているだけだ。こいつを参考にすることで、みんなの本が売れて出版業界が潤うなら、そりゃいいことじゃないか」

「そういう問題か？」

　低い声で囁く春日井さんの鋭い視線を、しかし天月彼方は、まるで気にしたふうもなく猪口を掲げて言う。

「それで、どこまで話したかな……。そうそう。流行に乗るのが勝負の席に着く第一歩だ。けれど、ただ真似をするだけじゃだめだよ。作品の成功を具体的にイメージしなくちゃいけない。どんな目標にも具体的なゴールラインを設定して、それを実現するためのタスクを一つ一つ確実にこなしていくのが肝心なんだ。たぶん、みんなは、その目標を具体的に設定できてない。つまるところ、本が売れるって、どういうことだと思う？」

　僕らは、顔を見合わせた。

「オレは、本が売れるということは、メディア化することだと思っている」

「映画化とか、ドラマ化とか、ですか……」

「そう。なら、そうするためには、どうしたらいいかを考えるんだ。ただいたずらに作品を書いて、メディア化の声がかかるのを待つのは明らかに効率が悪い。オレがしてきたのはこうだ。毎日、テレビ欄をチェックして、ドラマやアニメの流行を調べ、どの出版社から原作が出ているのか、その作品の見所はなんなのかを細かく分析していく。そしてメディア化することを前提に物語を構築するんだ」

みんなはこの簡単なことができていない、と天月彼方は言った。

「たとえばの話だけれど、複数の話から構成される学校が舞台の作品は、ドラマに向かない。高校生が主人公だと演じられる役者が限られているし、ロケに予算がかかる上、視聴率が取れないんだ。けれど逆に学校が舞台でも、単話で終わるような恋愛や部活が絡んでいる小説はとても映画化に向いている。そうやって、自分が書けるものや、現在の流行を吟味して、どこを狙って行くのかを考えながら、それを実現するにはどうするべきかを念頭に物語を書く」

「いや、でも、そうしたからといって、必ずメディア化するわけでもないじゃないですか。そもそも、そういうのを書きたいわけじゃない作家だっているわけで……」

「そこだよ。みんな、作家性だとか、独自性だとか、クオリティとかを言い訳に使ってないか？」

言い訳をしているだけ。

また、その言葉が僕の胸をくり抜こうとする。

「オレたちがやっているのは商売なんだ。みんな、自分が書きたいものを好き勝手に書いているから、メディア化もせず、売れにくい作品になるんだよ。口を開けて待っているだけじゃなくて、そのための工夫をしなくちゃならない。いい作品を作ろうと執筆に時間を割くくらいなら、テレビや映画を観《み》て流行を分析する時間を作るべきだ」

　天月彼方は静かな口調で、淡々と話を続ける。

「必ず成功するわけじゃない。むしろ最初は失敗するだろう。けれど、だから数をこなすんだ。とにかく数をこなして、作品を多く作る。一発で当てようなんて考えたらいけない。何作も何作も書けば、いつかは運が向く」

「でも……、自分、天月さんみたいに速くは書けないっすよ」

「みんなは一作に時間をかけすぎだよ。一度でいい、普段の三分の一の労力と時間で作品を書いてみるといい。本気を出さないで、うまく手を抜くんだ」

「手を抜いちゃって、いいものなんですか」

「書き上げてみたらわかる。あまり違いはないってことに――、いや、作家や読書家なら、その違いはわかるかもしれないけれど、普通の読者はそんな違いに気づかないよ」

　天月彼方はそのための秘訣《ひけつ》を続けて語った。プロットのリテイクや執筆の推敲《すいこう》に時間をかけず、うまくいかない場合は別の出版社に原稿を持って行く。編集者と何度も原稿のやりとりをすることは馬鹿らしい。どの出版社がどれだけの部数を出してくれるのかを事前に調べるのも大事なことだ。

「品質が悪くても消費者は気づかない。新人賞を獲ることのできた技術を持っていれば、あとはもう誤差の範疇《はんちゅう》なんだ。そうしてたくさんの作品を書き続けていけば、書店の平台で本が目立つようになる。読者はとにかく、『いま読みたいもの』かどうかを気にする。誰が書いたものかなんて気にするのは一部の読書家だけだ」

「けどなぁ、天月」

春日井さんが呻いた。

「俺たちが本当に大事にしなきゃいけないのは、そういう一部の読書家なんじゃないのか」

「違うよ、啓さん」

天月彼方が静かにかぶりを振る。

「啓さんも元エンジニアならわかるだろう。顧客とエンドユーザー——消費者を混同しちゃいけない。オレたちが作った成果物に報酬を払うのは出版社だ。読者を大事にしたところで、彼らがお金を払う相手は書店と出版社でしかない。初版部数を決めて、オレたちに金を払ってくれるのは出版社で、読書家じゃない」

「そりゃあ——」

制するように片手を上げて、天月彼方は春日井さんの言葉を遮った。

「みんなも、そう考えた方がずっと楽になるよ。オレたちが仕事をしている相手は読者じゃなくて出版社だ。だから本が売れないのもすべて出版社のミスだ。営業や販売を考えるべき人間に落ち度があっただけ。作品にも作家にも欠点なんてない。オレたちは初版部数の印税を受け取って、そこで取引終了だ」

僕は――。

僕は、天月彼方の言葉をじっくりと咀嚼《そしゃく》していた。胸中で幾度も反芻させて、その考え方に身を預けていく。それは、なんて魅力的な考え方だろうと思った。自分に落ち度はまるでない。作品が売れないのも、打ち切りになってしまうのも、作家である自分に責任はまるでない。僕は僕の仕事を精一杯やり遂げた。悪いのは出版社の人間だ。ろくに宣伝もせず、広告も打たず、ただ売れている本を宣伝するという、頭の悪い人間ですらできる仕事しかしない出版社がすべて悪い。それはとてもとても魅力的な考えだった。だって、実際にそうだろう？　僕に落ち度はあったのか？　僕の作品に欠点はあったのか？

天月彼方の言葉には、説得力がある。売れている人間が言うのだ。間違いない。彼のやり方は正しい。僕だって、なんども考えてきた。なんども成瀬さんや小余綾に訴えかけてきたことだ。天月彼方は、それをさらに突き詰めて実行し、そして実現している。成功しているのだ。その経験則は、どうしようもなく真実に思えて――。

どうしてだろう。僕は奥のテーブルに視線を向けた。

女性が多く集まっているそのテーブルは、天月彼方が珍しく饒舌に話し始めたからなのかもしれない。ほとんどの人たちが口を噤《つぐ》んで、こちらに視線を向けていた。

小余綾詩凪と、視線が合う。

「けれど……」

気がつけば、僕の唇はそう動いていた。

どうして、言葉を発しようとしたのか、自分でもわからない。

けれど、僕は天月彼方を見ながら、問わずにはいられなかった。

「そうして生まれた小説に、力は宿るんでしょうか」

僕は呻くように問いかける。

「たとえば……、人の心を、動かすような」

神様を探しているのかもしれない。

苦心して、続刊の意義を見出そうとしている彼女の表情が脳裏にちらつく。

そうして書かれた小説に、はたして神様は宿るのか。

どうして、身の程知らずにもそんな質問をしてしまったのだろう。

天月彼方は、暫く僕を見ていた。

「千谷君、だっけ」

「はい」

僕は気まずい思いにかられて、俯く。

「届かない相手には、いくら頑張っても届かないよ」

どこか寂しげな声音だった。

「物語が人を動かすかどうかなんて、読者の力量次第だ。読み解く力がないやつには、なにを言っても無駄だ。逆に読み解く力がある人は、とても感受性が強い。オレたちが手を抜いた作品だとしても、書かれてある以上のことを汲み取ってくれるはずだ。でも、たいていの読者は――」

それは奇妙な返答だった。

イエスでも、ノーでもない。

「たいていの読者は、そんなもの、望んじゃいない」

いっそ、そんな力なんて物語は持ち得ないと、そう言い切ってもらった方が楽だったかもしれない。僕はますます、天月彼方の理屈に身を任せたくなってしまう。そうだ。売れ筋の物語を書いたっていいじゃないか。売れる仕事を選んだって間違いじゃない。不動詩凪の考え方は正しくないのだ。物語に神様なんて要らない。そんなもの、宿っていなくても読者は賢い。きっと自分自身の手でそれを見つけてくれる。そうして成功している人が、僕の目の前にいるじゃないか。

「やっぱり、何度聞いても、俺は天月の理屈には納得できねぇんだよなぁ」

店員にビールを注文しながら、春日井さんが言った。

「啓さんは小説に対して真摯すぎるよ。それは損なだけだ」天月彼方は肩を竦めた。「そうやって小説を書けるのは、デビュー作が映画化するなり重版するなりした、幸運に恵まれた人間だけだよ。ただ運がいいだけの連中と、同じ条件で勝負をして勝てるわけがない。そうやって真摯に書くのは、売れてからでいいと思う。本当に楽だよ。売れ行きを心配することなく、自分で宣伝費をかけなくても、出版社が何度も広告を打ってくれるんだ。こっちがお願いしますと書店や編集者に頭を下げなくても、雑誌の取材が向こうからやって来て書店が平台に新刊を敷き詰めてくれる。本当に……。安心して本を書けるようになる。それからでも、まったく遅くない。むしろ、そうやって精神の安寧を得て、落ち着いた環境で取り組んだときこそ、本当の実力を発揮できるんじゃないのか」

僕たちは、今度こそ黙り込んだ。その安寧のときを、想像してしまったからだろう。

世の中には、そうやって、ぬくぬくとした環境で物語を書き続けることのできる人たちが本当にいる。そうして書かれた物語に、僕たちの物語が太刀打ちできるのだろうか？

嫉妬と焦り、挫折や生活の苦心。それらに憂慮することなく、ただ物語を綴ることに専念した環境に、僕たちの乱れた精神で作った物語は、太刀打ちできないだろう。

同じ条件で勝負をして勝てるわけがない。

ただ運がいいだけの連中。天月彼方は、すべての違いは運だと言った。

売れている人間は、運が良いだけ。ただ運がいいだけの連中なのだと――。

どうしてか、僕はもう一度奥のテーブルに視線を向けた。

不動詩凪は、既にもう、こちらを見ていなかった。

＊

途中、春日井さんが電話で席を外した。彼は戻ってくるなり、「嫁さんにめちゃくちゃ怒られたから帰るわ……」と肩を落として言った。時計を確認すると九時を越えようとしていたので、僕も慌てて立ち上がった。そろそろ小余綾を連れて帰らなくてはまずいだろう。そんなわけで、春日井さんと共に僕らは駅までの夜道を帰るところだった。

「ああ、あの人、本当に苦手ッ！」

途中、耐えかねたかのように、唐突に小余綾が呻いた。

「天月か」

前を歩く春日井さんが、振り返って笑った。

「わたし、あの人の考え方はまったく受け入れられません！」

「その割には、珍しく大人しかったじゃないかよ」

僕は嫌味を込めて、傍らの小余綾に言ってやった。

「そりゃね、わたしだって、場くらい弁《わきま》えるわよ。どこかの売れない作家と違って、売れてる人が実践してる理屈だしね。理想だけじゃ反論できないことくらい、わかってる」

「ちょっと一言余計なんじゃないですか。売れない売れないって言われるの、わりと傷つくんだぞ」

「ああ、そうなの？」小余綾は歩みながら、哀れむような横目で僕を見遣った。「千谷君って、罵られて悦《よろこ》ぶタイプの人だと思っていたから。ほら、わたしみたいに可愛い子に意地悪されて、本当は快感を感じてるんでしょう？」

「君の認識を一度きちんと正しておく必要があるな……」

「なによ、違うの？」

「違うに決まってるでしょうがよ！」

「なんだ、君たち仲いいなぁ。青春か？　これがリアル青春なのか？」

「仲良くなんてありませんッ！」

異口同音に、小余綾と叫んでしまった。それを見て、春日井さんがますます笑う。

「ちょっと、変な誤解されるからやめてよ」

小余綾が睨みながら小声で言ってくる。

「君が僕と同じことを叫ぶのが悪いんじゃないか……」

「もしかしておじさん邪魔か？　気を利かせてここで別れるか？」

「一緒にいてください」すかさず小余綾が言う。「この人、卑猥な眼でわたしのこと見るんで、二人きりにされると身の危険を感じます」

「被害妄想力が高すぎだろッ！」

唾を飛ばして訴えると、小余綾は嫌そうな顔をして僕の傍らから離れた。

なんだよ、そんな表情しなくてもいいじゃないかよ……。

とぼとぼと歩いていると、ふと春日井さんが声を上げた。

「俺も、天月の理屈は納得できないけれど……、確かに、うまく反論もできないんだよな。俺がなに言ったって、負け犬の遠吠《とおぼ》えに聞こえちまう」

実績の二文字は、高い壁だ。かつて僕の屁理屈《へりくつ》に何度でも反論できた小余綾詩凪が、ただ黙ることしかできなかったのは、そのなによりの証だろう。

「あいつはさ、俺と同時期にデビューしてから、三年間、まったく売れなかったんだ」

その言葉は、僕に驚きをもたらした。

「信じられないだろう？　俺よりもまったく売れなくて、書いた原稿を編集者に預けても、一年以上読んでもらえない時期だってあったんだ」

「それが、どうして」

「俺より、ずっと真面目に小説を書いてきた人間だった。正直、天月彼方の初期作品は、今でも敵わないって思うくらい凄いものばかりなんだ。でも、それはほとんどの人間に読んでもらえなかった。でも、あるとき……。あいつは、気を抜いて書いたって言っていた」

どうでも、よくなってしまったんだと言っていた。

編集者から流行の物語を書くように強制され、すべてに失望した天月彼方は、三分の一の労力と三分の一の時間で、物語を書き綴った。

ところが、どういうわけか、その本が売れに売れた。

「飛ぶように売れて、テレビで紹介されるようになり、更に大量の重版がかかるようになった。あいつが手を抜いて書けば書くほど、小説は売れたんだ。過去作も重版されるようになって、いつだったか天月が言っていたよ。『これまで倉庫に眠っているだけだった本が、ある日を境に飛ぶように売れるようになった。面白いものだよ。小説の面白さが、その日を境にして急激に良くなったわけでもないのに、みんな今まで埃を被《かぶ》っていたものを読みたがるようになるんだ。いったい、なにが変わったんだろうか』って。だから、あいつが構築する理論はそうなんだ。小説の面白さなんて、誰も気にしていない。そんなものに読者は関心を寄せない。そこには運だけが絡んでいるんだと――」

書いて、いつか認められて、売れるようになる。

それは、多くの作家が目指すことだろう。

けれど、それを達成したときに得られる感情は、どんなものなのだろう。

ある日を境に、小説が売れるようになる。売れなかった本が、重版されるようになる。飛ぶように売れる。確かに、それは不思議な感覚なのかもしれない。中身が変わったわけではないのに、唐突に売れるようになったら、どう感じるだろう？

今まで、なにが悪かったのか？

それとも、なにも悪くなかったのか？

では、これまでの苦心は、すべて無駄だったのか？

物語の中身なんて、まるきり関係がないのなら。

そこに神様を宿そうと苦心する行いは――。

僕らはなにも言えずに、夜の街を歩いた。小余綾もずっと黙っていた。やがて長い沈黙を経て駅に辿り着く。三人ともＪＲだったのでそのまま改札を潜ったが、小余綾は手洗いに行きたいと言って、僕らの元を離れた。

駅の構内で、春日井さんと共に、手持ちぶさたに立ち尽くす。

小余綾は女子トイレの前に並んでいた。混んでいるらしい。僕と眼が合うと、こっちを睨んだ。それからきょろきょろと大きな眼を動かし肩を竦めて見せる。よくわからないサインだ。たぶん、混んでいるからまだ時間がかかる、しかしこっちを見るな、という意味だろう。僕は了解を示すために敬礼のポーズを取る。小余綾は小さく吹き出して笑った。

妙に気恥ずかしくなり、僕は駅の案内表示を見上げる。

「そういえば、俺さ、千谷君に言いたいことがあったんだ」

「なんです？」

妙に改まった声音に聞こえた。僕は怪訝に思って春日井さんを見上げる。彼も、僕と同じように駅の案内表示を見上げているらしかった。

「いや、なんかうまく言えないんだけど……。『アリス一直線』のことでさ」

「はぁ」

ぽりぽりと、頬を掻きながら、春日井さんが言う。

「実はさ、あれも打ち切りが決まってるんだ」

「え……」

愕然とした。

しかし、この業界では、もうそれほど珍しいことではない。漫画なら尚更だろう。

「今までは編集さんに無理を言っててさ、俺のワガママで辛うじて続けさせてもらってたんだ。作品名で検索しても、感想よりも先に違法アップロードされたサイトのページが出てくる作品だ。重版もかからなくて、よくここまで続けさせてくれたと思う。でも、あの無料公開で読者の本音がよくわかった気がしたんだ。これ以上、編集さんに無理をさせられないし、それになにより作画家さんが可哀想だと思った。俺のワガママで、売れない漫画を描くのにずっと拘束させるわけにはいかない。俺には作画家さんの本音はわからないけれど、漫画を描くのは手間も時間もかかる。重版のかからないコミックスの売り上げだけじゃ、生活はとても苦しいはずだ。そんなものを延々と描かせるより、早く俺の元から解放して、別のコミックスの作画なり、自分の作品なりを手掛けるべきなんだと思ってた。だから、やめ時なんだって、そう思ってたんだけれど……」

僕は、照れくさそうにこちらへ眼差しを向ける、春日井啓の告白を黙って耳にする。

「千谷君さ、言ってくれただろう。誰の中にも物語があるって、有朱の物語を書き続けてほしいって……。だから、俺、もう少し頑張ってみようかなって。もう、決まっちまった打ち切りは防げないけれど、どうにか別のかたちでもいいから、もう少しいろいろな人に頭を下げて、ワガママを続けてみようかなって……。そう思ったんだ」

だから、ありがとうな。

春日井さんは、そう言って笑う。

僕は気恥ずかしくなり、ただ俯くことしかできなかった。

＊

帰りの電車は窮屈だったが、春日井さんと別れた駅で、電車は多くの人々を吐き出していった。ようやく一息つけるほどに空いてきた車内で、僕と小余綾は来たときと同様に扉付近に立っていた。先ほどまで車内が混んでいたせいで暫く会話がなく、どこかしら気まずいものを感じていたところだった。小余綾が、駅で春日井さんとなにを話していたのか、と聞いてきた。「なんだか妙に真面目な顔をしていたんだもの」と付け足す彼女に、僕は春日井さんの漫画を巡る経緯を説明することにした。ちょうど話題が欲しかったところだし、彼の漫画に寄せられた数多くの感想に対して、小余綾がどんな言葉を漏らすのか気になったのだ。

物語は人の心を動かさない。読者はそれを求めていない。

その事実に対し、小余綾はなんて答えるのだろう？

「なるほどね……」彼女は窓の外の景色を眺めたまま、そう呟く。「わたしも、あの漫画は読んでいるけれど……、そう、残念ね……」

「君みたいな人間が書けていない超人でも、有朱に感情移入したりするのか」

意外に思って問うと、小余綾は眉を顰めてこちらを見た。

「当たり前でしょう。失礼な人ね。わたしだって、この春に一人暮らしを始めて、挫折続きなんだから」

彼女は小さく鼻を鳴らして、肩を竦める。

「失敗ばかりで格好悪く、読者を苛立たせてしまう主人公……。確かに、わたしたちの世代の多くの読者には、そんなふうに映ってしまうのかもしれないわね」

「みんな、どうしてあんなふうに物語の主人公を罵るんだろう」

「闘うって、格好の悪いことなんだと思う」

流石に夜の気温では寒さを感じたのだろう。ニットレースのショールをかけ直しながら、小余綾は言った。

「どんな人間にも苦しみは存在する。挫折し、涙を零して、失敗を繰り返してしまいながら、みっともなく這いつくばって、それでも前に進んでいく……。それは表層だけ見れば、憧れの対象とはかけ離れた姿なのかもしれない。でも、闘うって格好の悪いことなのよ。みんなは、その事実を知らないか、あるいは忘れてしまっているんだわ」

小余綾の言葉は、ある一つの景色を僕に思い起こさせた。きっと同じように電車に揺られながら、そのときのことを語ったからだろう。彼女の眼が僕を見て、まるで心を読んだみたいにして告げた。

「あなたは、お父様の背中が、格好悪くて情けないものだと、そう言ったわね」

僕は頷き、そのまま視線を落とした。悩み苦しんで、藻掻いていた一人の男の背中。情けなく、みっともなく、憧れを感じられない人間の姿。しかし小余綾は、闘うことは格好の悪いことなのだと言う。親父は闘っていた。悩み苦しむことは闘うことの証なのだと。

十代の読者が中心なのでしょう、と小余綾は言葉を付け足した。

「ほとんどの子は、まだ闘う経験をしたことがないから、わからないのよ。誰もが壁に突き当たるわけじゃない。壁に遮られるのは、歩みを進めようとする人間だけよ。わたしたちの年代で、壁に阻まれ涙を零す経験をした子はまだ少ないのだと思う。ほとんどの子は、どこへ向かって、どんなふうに歩いたらいいのか、まだその道を探している最中だから」

「そういう、ものなのかな……。けれど、僕たちの作品に寄せられた声は……」

僕たちの作品の読者は、十代が中心というわけではない。基本的には、大人たちの眼に触れてきたはずなのだ。

「もし本当に、悩み苦しむ者を嗤う大人がいるのだとしたら、それは闘うことを避けて、傷もなく生きてきた人たちよ。自分が傷ついたことがないから、壁に突き当たって傷つく痛みがわからない。いいじゃないの。叩かれなさいよ。何度だって叩かれ続ければいい」

これまで自分の作品に寄せられてきた言葉を思い返しながら、小余綾の言葉を耳にする。彼女は僕を見つめて、ほんの微かに笑って告げた。

何度だって叩かれ続ければいい。

「だって、優れた刃は何度も槌《つち》で打たれて、その身を溢れる炎で焦がしながら生まれるものなのだから——」

微笑みかけるようにして言う彼女を見返しながら、僕は押し黙る。

小余綾の語る言葉に、すべて納得できたわけではない。

それは、言い訳なんじゃないのか――。

自分の作品に罪はないのだと理屈を並べて、防御に徹しているだけなのではないか。そんなふうにして読者の声に耳を塞ぎ、そこから逃れようとすることは、作家として正しい在り方なのだろうか。

けれど、たとえそうなのだとしても、こうして小余綾が僕に笑いかけてくれることは事実だった。それは僕のためにかけてくれた励ましの言葉だ。彼女は僕のことを見てくれている。それは素直に嬉しいことだった。けれど、そうなのだとしたら、僕は――。

僕はこのまま、彼女を裏切る道を進めるのだろうか？

急に電車が速度を緩めた。

微かな驚きの声が小さく車内に上がる。僕は身体が慣性の法則で引っ張られるのを感じながら、小余綾を見ていた。こちらへと倒れかかってくる彼女の肩を摑んで、足を踏ん張る。背中が座席の手摺りに当たって小さく痛んだ。電車は限りなく速度を落として、のろのろと進んでいる。緊急停止ボタンが云々《うんぬん》と、聞き取りづらいアナウンスが聞こえた。

「びっくりした」

小余綾が顔を上げて、大きな眼をぱちぱちと瞬《またた》く。

僕は彼女の肩を摑んだままだった。ずれたショールから、白くすべらかな肌が覗いて、その温かな感触を僕の指先に伝えている。少し遅れて、彼女の甘い匂いが鼻をくすぐった。

「ちょっと、そろそろ離しなさいよ」

上目遣いに、そして半眼で睨まれて、僕は慌てて手を離す。

「いや、悪い、すまん」

電車が轟々《ごうごう》と唸って加速するみたいに、自分の心臓が暴れていた。それは電車の停止がもたらす驚きが原因ではない。体温が上昇し、汗が湧き出て、全身の細胞がこの指先に触れていたものを求めて唸っている。

あの夏に抱き、認めまいと苦心した感情が、この心を走り出していくのを感じた。

＊

事態は考えていた以上にとんとん拍子に進み、日曜日には真中さんと会えることになった。小余綾先輩の推理通り、真中さんはその学校に在籍していたのだ。先輩の友人を通してわたしの連絡先を真中さんに伝えてもらうと、翌日の土曜にはメッセージで連絡が来た。すぐに、久しぶりに会って話をしようという流れになった。

待ち合わせ場所は、降りたことのない駅にある知らない喫茶店だった。

物静かな店内は二つのフロアに分かれており、案内された二階席には人の姿がなかった。少しばかり狭苦しいけれど、おしゃれですてきな場所だ。たまにリカたちと一緒に入るときを除けば、こういった場所に一人で来るのは初めてで、なんだか場違いな場所に来てしまったような気もする。大きめのソファに腰掛けて、身を固くしながらメニューを眺めた。緊張のせいか、ドリンクの名前を追っても頭の中に入ってこない。

まだ、どんな話をしたらいいのか決めかねていた。思いのほか早く再会できることになって、戸惑っているのかもしれない。わたしは彼女に、なにを告げたらいいのだろう。もちろん、この胸にある確たる想いは、彼女に小説を書いてほしいと訴えていた。けれど、わたしはそのための言葉を見つけられないままでいる。世界が美しくなく、物語はただのエンターテイメントであるという事実を、どう否定したらいいのかわからない。そんな問題を放り棄てて、ただただ小説を書き続けてほしいと伝えることは、あまりにも無責任で、身勝手な要求というものだろう。

壁にかかっているアンティーク風の時計を見る。

約束の時間を少し過ぎた辺りで、階段を上がる足音が鳴った。

緊張を呑み込むように息を止め、そちらへ眼を向ける。

階段を上り、一人の少女が姿を現した。

こちらへ顔を向けた彼女が、懐かしい眼差しで、わたしを見つめる。

真中さんだった。

「久しぶりだね」

秋らしいオレンジのニットに身を包んで、やんわりと彼女が笑った。彼女の私服姿を見るのはこれが初めてだったけれど、こんなにおしゃれな子だっただろうかと意外に感じた。久しぶりに会った真中さんの髪は、窓からいっぱいに射し込む陽に照らされて、ほんのりと明るく染まっているようにも見えた。

「うん、久しぶり……」

もう会えないと思っていた友達との再会だというのに、胸に込み上げてくるのは嬉しさより、息苦しいまでの不安と緊張、そして戸惑いだった。うまく微笑むことができたかどうか、わからない。

それから、おしゃれな喫茶店でおしゃれなラテを飲みながら、にこやかに話す真中さんの表情を、わたしはどこか茫洋《ぼうよう》とした心持ちで眺めていた。

目の前にいる真中さんは、わたしが知っている彼女とは少し違っているように見える。こんな喫茶店に入る子だったのだろうか、こんなふうに可愛らしい服に身を包む人だったのだろうか。図書室の片隅で、わたしたちは短い時間しか共有していなかったのだと、今更ながらに気がついた。わたしは彼女のことを、どれだけ知っていたのだろう。

彼女の話によれば、別に遠くへ引っ越したというわけではないという。借家から一軒家に住むことになり、住む町が少しだけ離れただけらしい。最寄りの駅を聞いたら、三十分ほどで行ける場所だった。それにも拘わらず、わたしたちは一年以上も連絡をとっていなかったのだ。あの頃、真中さんは携帯電話を持っていなかったと言っていたから、それは仕方のないことだったのかもしれない。けれど、せめて、たとえば引っ越し先の住所を教えてくれるとか——。

いいや、それが無理だったのは、わたし自身がいちばんよく知っていることだろう。

わたしは、彼女を裏切ってしまったのだから。

明るく話す真中さんは、そのときのことをおくびにも出さず笑っている。わたしはそんな彼女が話す言葉の一つ一つに違和感を憶えていた。あのとき図書室の片隅で過ごしたひとときと、なにが違ってしまったというのだろう。考えて、すぐに気がついた。

わたしたちの会話には、物語がなかった。

彼女は新しく住み始めた街のこと、家の快適さ不便さ、そして通っている高校のことを話してくれた。新しい友達のこと、好きな音楽のこと、ファッションのこと。図書室で語ったときのように、飄々《ひょうひょう》と、朗々と、笑いながら話してくれた。

けれど、彼女は物語のことを語らなかった。

小説のことを、語らなかった。

「あの……、真中さん」

何度も喉を通ったカフェラテ。

そこに含まれた微かな苦みが、今になって口の中を支配していく。

わたしは、それでも、この質問を投げかけなくてはならない。

だって、ネットに書いてあったことは嘘かもしれない。今はもう、あんなことは忘れて、彼女は物語を書き続けているかもしれない。わたしを魅了したあのお話の続きを、わたしの知らない図書室の片隅で、今も一心不乱に書き続けているかもしれない。

きっと、そんな可能性だって、あるかもしれなかったから。

「小説の方は……。どう？」

今にも震えだしてしまいそうな声音で、そう問いかける。

「ああ、うん」

真中さんはカップに唇を付けた。そうして、その唇が離れるまで、もどかしい間が空いた。彼女はくすぐったそうに視線を背けて笑う。

「小説は、もう書くのやめたんだ」

それは紛れもなく、ネットの片隅に記されていたのと同じ言葉だった。

深い悲しみと罪悪感とが、わたしの胸を満たしていく。口腔《こうこう》に満ちたラテの苦みが、舌を通して全身の神経に広がっていくようだった。

覚悟はしていたはずなのに、目眩すら感じた。こうして彼女の唇から、言葉として伝えられることが、こんなにも苦しいことだったなんて想像していなかった。

それでも、わたしは恐る恐る、問いかける。

「どうして……？」

「どうしてって」

その疑問を不思議がるように、真中さんは首を傾げて笑った。

「ほら、ウチ、進学校だから。あんまり遊んでる暇ってないんだよね」

おかしそうに笑いながら、けれど真中さんはわたしと眼を合わせない。

「でも、その……」問う言葉を続ける度に、息が切れて窒息しそう。「小説家になるのが、真中さんの夢だったでしょう?」

「小説なんて書いたって、なんにもならないよ」

彼女は笑った。手にしたカップをテーブルに置いて、眼差しを伏せながら。

「ほら、今の時代、作家なんて食べていけない職業じゃん。そのくせ、デビューできる人間はほんの一握りでしょう。どう考えたって、ばかばかしい夢物語だよ。もっとさ、ちゃんとした夢を探さないと」

ちゃんとした夢って、なんだろう。

まばたきを繰り返しながら、真中さんの言葉を心の中で繰り返す。

小説家を目指すことは、ちゃんとした夢、ではないのだろうか?

「ごめん、中学のときのあたしってば、イタかったよね。秋乃に偉そうなことばっかり言って。ああ、もう、本当に恥ずかしいっていうか、小説なんてさ、やっぱりただのエンターテイメントだよ」

真中さんは笑っていた。

わたしはつられて笑えばいいのか、それとも泣いたらいいのか、わからない。

そんなことはない、と言いたいのに、ただそれだけの言葉を、うまく唇に託せない。

「なら、あの物語は――」

辛うじて出てきたのは、そんな願望だった。

あなたの物語が読みたい。

あの続きを読ませてほしい。

「あの物語は、どうなるの」

図書室で過ごした、あのひとときを、もう一度――。

「わたし、あの続き、楽しみに待ってる。真中さんがネットに載せていた分も読んだんだよ。あの続きはどうなっちゃうの？　真中さんが書くのをやめたら、あの続きは――」

「書かないよ」

それは、なんの躊躇《ちゅうちょ》も含まれていない断言だった。

その重たさは、稚拙に訴えるわたしの言葉を容易く断ち切る。なにか言葉を探さなくてはならないと焦った。混乱する頭の中で必死に言葉を拾い上げて、わたしは前のめりになりながら、彼女を説得するための言葉を紡ぎ出す。

「その……。物語は、ただのエンタメだなんて、そんなことないよ。あのね、その、わたし、小説を書くようになったんだよ。真中さんの小説のおかげで、わたしも小説を書くようになったの。だから、わたし、真中さんにも、続きを書いてほしくて――」

「あなたが、それを言うの？」

「え――」

こちらを見る彼女の眼の冷たさも、絞り出すような声の硬さも、身勝手なわたしの感情をたちどころに凍えさせた。背筋が震えて、口の中が一気に干上がる。下唇を噛んで、なにかをじっと堪えていた真中さんが、言葉を絞るみたいにして言う。

「あたしは、秋乃のせいで、書けなくなったのに」

ぞわりと、した。

今度こそ、彼女の言葉はわたしの心臓を鷲摑みにして、浅はかで愚かなこの感性を握り潰していく。

そう。

その通りだった。

「わたし、は――」

違う、と言い切れたら、どれだけよかっただろう。

わたしは知っていた。知っていて、そう予感していて、あえて考えないようにしていた。そんなのはただの気のせいだと思い込もうとしていた。

あの頃のわたしは、あなたの物語に魅了されて、夢中になった。

あなたの言葉に心を突き動かされて、自分の世界が変わったような気がした。

けれど、それはすべて、錯覚だった。

憤激の色に鈍く光った双眸が、わたしの身体を射貫いていく。

「秋乃は酷いよ……。あたしは、あなたのせいで、もう書けない」

結果は、どうだったろう。あのとき、わたしはなにをしただろう。

たくさんの物語から勇気を教えられ、描かれる友情の尊さに涙を流したはずだというのに、現実のわたしはなにも変わらなかった。

あのとき、真中さんのことをただ見ているだけしかしなかったように——。

小説が、人の心なんて動かすものか。

感動だけして、涙だけ流して、気持ちよくなるだけ気持ちよくなって。ただそれだけで、わたしたちは明日からなにも変化しない。だから千谷先輩と初めて出逢ったとき、彼がそう告げた言葉はどこまでも正しいものだった。

「わたしが……。わたしが、なにもしなかったから？　その証拠だから？」

あのとき、真中さんはきっと、その事実に絶望したのだ。自分の物語がなんの力も持っていなかったことを、わたしという人間を見て痛感したのだ。世界はそれほど美しくなく、物語はただのエンターテイメントにすぎなかった。それを体現するわたしに、いったいなにが言えるのだろう。世界は綺麗だから、物語に力はあるのだから、だからまた小説を書いてくださいと、どの口が言える？

物語は、誰の心も動かさない。

わたしは、その事実に気づいていて、それなのに、今日このときまで、考えないようにしていた。そんなのは考えすぎなのだと思い込みたかった。

わたしのせいなんかじゃないと、そう信じたかった。

眼が沸騰するほど熱く、瞼は痙攣を繰り返す。

「あ、謝る、から……。わたし、謝るから」

あのときのことなら、いくらでも謝るから。

時を遡ってやり直せるのなら、そうしたいと切実に願うほどに、わたしはあのときのことを後悔していた。それがどうすれば伝わるだろう。どうすれば、贖罪《しょくざい》になるだろう。

愚かなわたしを罰してほしい。頬を打ってもいい。溢れる涙で溺死したってかまわない。ただただ、わたしはあなたに赦してほしかった。そうして、あのときあなたの言葉に心を動かされ、だというのにあなたを傷つけたこの愚かな感性を、この世から跡形もなく消し去ってしまいたかった。

「違う……。そうじゃないよ！」

けれど、否定の声が上がったことに、わたしは困惑していた。

「そうかもしれないけど、でも……、違う。違うんだ。秋乃はなにもわかってないんだよ！」

涙に濡れた視界の中で、彼女がかぶりを振る。

違うというのなら、どうしてあなたは双眸を濡らし、わたしを睨んでいるというのだろう。どうして唇を嚙み締めて、今にもそこから血を流そうとしているのだろう。違わないのなら、わたしのせいで物語を綴ることができないというのなら、このまま愚かなわたしを罰してほしい。

それが、物語というものへの罪滅ぼしになるというのなら——。

「あたしが、いちばんつらいのは、苦しいのは……」

濡れた眼差し、噛まれた唇、赤くなった鼻先。

「あたしは、秋乃と会うまで、書くことだけが楽しかったのに——」

それはどういう意味なのだろう。

「ごめん、あたし帰るから、お会計しといて」

真中さんは立ち上がっていた。カップのラテは、どうしようもなく冷えてしまって、半分以上が残っていた。彼女は財布から千円札を取り出して、テーブルに置いた。

「待って——」

わからない。すべて教えてくれないと、どうやって償ったらいいのか、わからない。

「帰るから!」

彼女が横顔を向けて、唸る。慌ただしく鞄を肩にかけ、席から離れていく彼女を、わたしは追いかけることができなかった。ただ立ち上がって、怯えたように脚を竦ませているだけだった。

あのときと同じように、ただ黙って見ているだけ。

なんて、醜い人間だろう。

階段を下りる音が響く中、この唇が開いて。

ただぱくぱくと、誰もいない空間に向かって動く。

「あ……、謝るから。あのときのことなら、謝るから……」

ごめんなさい。ごめんなさい。

ぬるい液体が、頰を落ちて、唇にその味を伝える。

わたしの友達。あのとき、なにもしなくてごめんなさい。わたしでなければよかったと思った。あなたの物語を読んだ人間が、わたしでなければよかった。図書室で出逢ったのが、わたしでなければきっとこんなことにはならなかった。わたしでなければ、あなたの物語に勇気づけられた心を動かし、あのときあなたの前に立つことができたはずなのだから。あなたの傍らに寄り添うことができたはずなのだから。だから、誰の中にも物語があるなんて、きっと噓だ。

物語は人の心を動かさない。

わたし自身の存在が、どうしようもなくその事実を証明していた。

（下巻に続く）

この作品は、書き下ろしです。

講談社
タイガ

〈著者紹介〉

相沢沙呼（あいざわ・さこ）

1983年生まれ。2009年『午前零時のサンドリヨン』で第19回鮎川哲也賞を受賞しデビュー。繊細な筆致で登場人物たちの心情を描き、ミステリ、青春小説、ライトノベルなど、ジャンルをまたいだ活躍を見せている。

小説《しょうせつ》の神様《かみさま》
あなたを読《よ》む物語《ものがたり》（上）

2018年8月20日　第1刷発行　　定価はカバーに表示してあります

著者……………………………相沢沙呼《あいざわさこ》

発行者……………………………渡瀬昌彦
発行所……………………………株式会社 講談社
〒112-8001 東京都文京区音羽2-12-21
編集03-5395-3506
販売03-5395-5817
業務03-5395-3615

本文データ制作…………………講談社デジタル製作
印刷……………………………豊国印刷株式会社
製本……………………………株式会社国宝社
カバー印刷………………………慶昌堂印刷株式会社
装丁フォーマット………………ムシカゴグラフィクス
本文フォーマット………………next door design

ISBN978-4-06-512554-0　N.D.C.913　284p　15cm

僕たちは、
どうして小説を書くのだろう——。
私たちは、
どうして小説を読むのだろう——。
その答えが、きっとここにある。

『小説の神様
あなたを読む物語 (下)』

相沢沙呼
Sako Aizawa

講談社タイガ

2018年9月刊行決定